捧 读

触及身心的阅读

和古人握手系列

和古代学霸握个手

急脚大师 著

南方出版社
海口

图书在版编目（CIP）数据

和古代学霸握个手 / 急脚大师著. — 海口：南方出版社，2022.11（2023.5 重印）

ISBN 978-7-5501-7674-4

Ⅰ.①和… Ⅱ.①急… Ⅲ.①历史故事–作品集–中国–当代 Ⅳ.①I247.81

中国版本图书馆CIP数据核字(2022)第116802号

和古代学霸握个手

HE GUDAI XUEBA WO GE SHOU

急脚大师【著】

责任编辑：	高 皓
封面设计：	陈旭麟 @AllenChan_cxl
出版发行：	南方出版社
邮政编码：	570208
社　　址：	海南省海口市和平大道70号
电　　话：	(0898)66160822
传　　真：	(0898)66160830
经　　销：	全国新华书店
印　　刷：	河北鹏润印刷有限公司
开　　本：	880mm×1230mm　1/32
印　　张：	8
字　　数：	151千字
版　　次：	2022年11月第1版
印　　次：	2023年5月第2次印刷
定　　价：	58.00元

何谓学霸?

学霸

应该就是那些热爱学习、善于钻研、对知识的接受能力高、能通过学习发挥自身优势的人。

生活中，我们通常将"学霸"等同于"考霸"，但我要讲的人，他们不一定考试能考满分，不一定寒窗十年只为功名，他们分布在各行各业中，有底层草根、富家公子、将军大侠、皇子大臣、技工商人……他们都能被称为各自领域的"学霸"，掌握了比普通人更多的知识与技能。

他们的共同点，就是热爱学习，并且终身学习。

当学习成为一种习惯，我们大概就可以与他们为伍了吧。

目录

▶ **第一章　我命由我不由天，草根们的逆袭之路**

002　苏秦　☆　吹的牛终要实现

007　倪宽　☆　我到学校当伙夫

013　董遇/沈驎士　☆　时间都去哪儿了

018　邵雍　☆　洛阳城中有"男神"

023　吴昂/黄霸　☆　朝闻道夕死可矣

032　江泌/车胤　☆　光的奇遇

▶ **第二章　中年大叔如何转型成为"偶像"**

038　段干木　☆　有钱不是放弃学习的理由

042　吴起　☆　"二好学生"的奋斗人生

048　蒯通　☆　一张嘴樯橹灰飞烟灭

053　朱买臣　☆　让暴风雨来得更猛烈些吧

057　公孙弘　☆　养猪大叔的奋斗史

061　苏洵　☆　北宋"废柴"的励志人生

▶ 第三章　老当益壮，仍能发光发亮

070　百里奚　☆　一箭五雕的划算买卖

077　烛之武　☆　弼马温的闪耀时刻

082　伏生　☆　要想活得久，常在书中走

086　孙思邈　☆　这个老头活成了精

▶ 第四章　"学霸"通关三百六十行

092　甯戚　☆　"流浪"歌手的养牛经

097　程邈　☆　秦朝监狱里自我救赎的"肖申克"

101　安期生　☆　高级"大忽悠"与低级"大骗子"的区别

111　陈旉 / 贾思勰 / 宋应星　☆　我在宋朝搞科研

117　夏统　☆　你把我当什么人了？

121　萧美人 / 宋五嫂　☆　厨娘的餐桌学问

126　喻皓　☆　土木工程不只有"提桶跑路"

130　孙云球　☆　让近视眼镜片价格降下来

135　郭云深　☆　他的一小步，别人飞出一大步

▶ 第五章　公子们的努力你想象不到

140　尹吉甫　☆ 一部传奇图书是如何诞生的

145　刘德　☆ 王子要做收藏家

148　张衡　☆ 还有什么我不会？

152　宋翚　☆ 历史的车轮甩不掉的人

157　祖冲之　☆ "学霸"可以遗传吗

161　司马光　☆ 恐怖的床上三件套

164　刘恕　☆ 《资治通鉴》幕后的男人

168　左思/董仲舒　☆ 宁静的书房里，有两个笨小孩

172　徐霞客　☆ 我的脚踏遍天南和地北

177　袁枚　☆ 清朝高端"农家乐"的创始人

▶ 第六章　姐姐们的奇幻人生

184　许穆夫人　☆ 老公，你不敢去，我去！

190　班婕妤　☆ 任尔东西南北风，我自岿然不动

196　马皇后　☆ 此马皇后非彼马皇后

202　秦良玉　☆ 我守护大明，可谁来守护我呢？

208　王贞仪　☆ 一道炫目的科学之光

▶ **第七章　要学就学万人敌**

214　额勒登保　☆　《三国演义》还可以这么读

219　狄青　☆　只会打架是做不了将军的

225　种世衡　☆　边陲小城的守护者

231　王竑　☆　该出手时就出手，一声吼来皇帝抖

238　徐光启　☆　明朝的达芬奇

▶ **参考文献**

第一章

我命由我不由天，
草根们的逆袭之路

苏秦·吹的牛终要实现

战国时期，有个不得志的年轻人，他早年跟随老师学习，却一直没有出人头地。他回到家，苦读了几年书，觉得可以治国平天下了，便对家人夸下海口：我要靠才华吃饭，要仗剑走天涯。

去哪里可以实现抱负呢？那自然要去目前势头最盛的国家——秦国。他跟乡亲们说："我此去，必定荣华富贵，以后你们就跟着我吃香的、喝辣的吧！"然后他话锋一转，"现在谁出的盘缠多，以后得到的富贵就多。"大家的情绪被他调动了起来，纷纷解囊资助他出国游历。

带着全村人的希望，他信心满满地上路了。他来到秦国，极力劝说秦王与其他六个国家先后结盟，然后逐个消灭。简单来讲就是先跟甲方合作干掉乙方，再跟丙方合作干掉甲方，直到最后天下统一。

然而残酷的现实击碎了他的梦想，年轻人一连上了十多次奏章，却始终没得到秦王重用。秦王是个冷静的人，当时秦国虽然经过商鞅变法实力大增,但还没到可以凭一己之力扫灭六国的程度。无数历史证明,锋芒毕露的下场往往是悲剧,秦王决定先囤积实力。秦国只要拥有强大的综合实力,便能自成一方霸主,那天下也可徐徐图之。

年轻人的盘缠用完了,不得已离开秦国回乡。他一路风餐露宿,最后饿得面黄肌瘦,宛如干尸般。大家看他混成这副样子,盘缠是要不回来了。"骗子!无赖!"一时间攻击他的流言在乡里四起。回家后,妻子埋头织布,看都不看他一眼;嫂子也不给他做饭,只把他当作没用的东西,吃饭也是浪费;甚至连父母都不想跟他说话。

年轻人没有就此被击垮,他的内心真的很强大,也可以说他是脸皮厚。他一边翻着书箱里的书,一边自我剖析了一番:"如今没人相信我了,是因为我夸下海口却没有做到啊,可见我读书还是不够深入,学问还是不够精深。到底哪里出了问题呢?是读书的方法不对,还是读的书不行?"翻着翻着,他看到书箱底下有一部姜太公著的《阴符》,《阴符》也叫《太公阴谋》,跟《太公兵法》《太公金匮》合称《太公》。年轻人一看,好书啊,以前怎么没看到呢?于是他每天发奋钻研,划重点、圈要点,读到困倦时,就用锥子刺一下自己的大腿,"哎哟!"他就用这种方法振作精神继续读书,血流到脚上也不在意。

刻苦攻读了一年,年轻人对这个乱世有了更深刻的理解。

他的口才也今非昔比。他去燕国游说，成功地让燕王感到了秦国的威胁——再不联合别国抗秦，王位还能保得住吗？于是燕王给了年轻人大量的黄金和车马，让他赶紧去游说其他五国组建合纵联盟。"合纵"就是六个国家联合，共同对付强大的秦国。年轻人成功了，因为他的"合纵"主张正是六国迫切需要的，各国君主均委他以重任。从此他兼佩六国相印，成了六国宰相，风光一时无两。

年轻人再次回到家乡时，父母赶到离家三十里远的地方去迎接，妻子都不敢正视他，只侧着耳朵听他说话。之前豪横的嫂子跪在地上不敢站起来，头垂得很低，手止不住地发抖，对他一再叩首请罪："之前我刁难您是我不对啊，请您不要和我这样的人计较。"年轻人笑了笑，问："嫂子为什么之前那么傲慢，现在又这样卑微呢？"他嫂子是个"粗线条"妇女，回答得倒也干脆："因为你现在发达了呀，以前的你连乞丐都不如。"年轻人眼睛一闭，长叹一声："唉！一个人如果穷困潦倒，连父母都不把他当儿子；然而一旦富贵显赫，亲戚朋友都会敬畏！"

这个故事后来衍生出两个成语——"前倨后恭"和"侧目而视"（出自《战国策·秦策一》）。"前倨后恭"指原先傲慢，后来恭顺，前后态度不一样，常用来形容一个人很势利；"侧目而视"指斜着眼睛看人，形容因畏惧不敢正视的样子，现在也形容一个人敢怒不敢言的样子。

这个让嫂子前倨后恭、妻子侧目而视的年轻人就是苏秦。他是战国时期通过知识改变命运的代表人物之一，是当之无愧的"学霸"。

一个人在学习与通往成功的路上，我们常常会遇到别人的讥讽、嘲笑、挖苦，该怎么办呢？那就让暴风雨来得更猛烈些吧！我命由我不由天！拼命读书吧！人不拼命枉少年，中年奋起有力量，老当益壮气昂扬。废寝忘食地读书与持之以恒地钻研是人生逆袭的标准化道路。

倪宽·我到学校当伙夫

西汉武帝时的某天,天气阴沉,廷尉府(西汉的司法审判机构,主管诏狱和修订律令)的官员们摸着头上的冷汗,拍拍额头,一筹莫展,气氛压抑到了极点。

"已经被打回好几次了,怎么办?再被打回,大伙儿可就吃不了兜着走了!"其中一个主管模样的人叹着气说。廷尉府有个重要的案子迟迟没法结案,几次奏报皇帝,都被退回来要求重新修改。

诏狱是由皇帝直接掌管的监狱,监狱的罪犯多是位高权重的官员,由皇帝亲自下诏书定罪。廷尉府不过是个执行机构,拟写奏报的官员既惆怅又害怕,摸着额头上的冷汗颤抖。

"报告大人,倪宽前来送材料!"有个下属说道。

"没看我在烦啊?真是没眼力见儿!这种小事也来烦我?"正绞尽脑汁拟写奏报的官员训斥下属道,忽然他眼睛一亮,叫住灰溜溜转身的下属,"你说他叫倪宽?"

"对啊！就是之前被外放到北地管理畜牧的倪宽，他来汇报工作。"

对，也许他有办法！

"让他进来！"

这个倪宽原先是廷尉文学卒史（协助廷尉处理文字的官），特别有学问。他性格温和，主张仁义为怀，反对严刑酷法，因和主张施用严法酷刑的顶头上司张汤观点冲突，被贬到北地去管理畜牧业，成了"牛羊养殖场场长"。据说他并没有因此沉沦，而是充分发扬年少时学来的养殖技术，使牧场的牛羊数量大增，今天正好来汇报工作、递交总结。

主办奏报的官员热情地接待了倪宽，把事情的前因后果说了一遍，倪宽淡定地回答："这有何难？拿笔墨来。"

倪宽不过须臾就把奏章写好了，读给围着他的官员们听，大家听完都深感佩服。高，实在是高！这下有救了！主办官员立刻将这件事告诉了顶头上司——廷尉张汤。张汤亲自召见倪宽，一番对答后，心中窃喜——我部门还有此等人才，之前大意了、大意了……

奏章递上去后，汉武帝相当满意，他对张汤说："这次的奏章写得很好嘛！不是一般人能写出来的，说吧，谁的手笔？"

"是个叫倪宽的人写的！"皇帝就是皇帝，明察秋毫，张汤如实回答。

"倪宽？朕早就听说这个人了。"

回去后，张汤对倪宽说："别去做什么养殖场场长了，我给你升职加薪！"

倪宽从乡下"养殖场场长"变成了奏谳掾（专门起草奏章的秘书官），他充分发挥自己的才能，说服廷尉府的官吏们主动学习儒家经典，运用仁政思想处理工作。廷尉府的官员们经过实践，发现这比使用严刑酷法的效果更好。

倪宽为什么如此厉害？为什么同样的文章别人写不好，他能轻松搞定？因为他从小就是个"学霸"！他读得多，见得多，本事多，妥妥的"倪三多"。

倪宽小时候家里一贫如洗，根本上不起学。可是他很爱动脑筋，不能去私塾读书，他就去私塾干粗活。他毛遂自荐，到了当地学校的厨房帮忙打杂、烧饭，干活之余就见缝插针地听课。这样既吃饱了饭，又享受了精神食粮，真是一箭双雕。

农忙时节，他还得去田里做短工。他总是把书挂在锄头把上，休息的时候翻开看几行。干活的时候，他默念书中的词句，研究字里行间的道理。这就是被后世广为传颂的"带经而锄"的故事，此典常用于赞誉贫而好学的人。

他由于勤学好问，甚至得到了西汉著名学者欧阳生的亲自授课，后来又得到孔子的后代——西汉经学博士孔安国的悉心教导。他一边学习一边发挥烹饪技术，以为老师和同学们做饭当学费，

一技在手，吃喝不愁。

因为学问越来越好，倪宽学成之后被推荐做了博士。这个"博士"跟现在的博士完全不一样，西汉时，博士指专门教授儒家经典的学官，不是学位，而是工作。

倪宽的老领导张汤做了御史大夫后，推荐倪宽为侍御史，掌管纠察举荐官吏的事务，权力相当大。他还经常被汉武帝叫去讲课，深入浅出地讲解儒家经典。汉武帝龙颜大悦，擢升他为中大夫，专管朝廷议论之事。后来倪宽又接替张汤做了御史大夫，负责监察百官，代朝廷起草诏命文书。御史大夫可是与丞相、太尉合称"三公"的官职，可以说是"官场人"的职业天花板了。

汉武帝在提拔倪宽前，有个人不服气，他就是西汉著名的经学家褚大。"原本皇帝心中御史大夫的最佳人选是我啊，怎么成了倪宽？他有什么可以豪横的？"

我不服！

不服来辩！

都城长安，在汉武帝的见证下，两人围绕巡狩封禅展开辩论。倪宽引经据典，对答如流，毫无破绽。褚大方知汉武帝知人善任，他坦然承认倪宽的学识胜过自己。

这之后，汉武帝给了倪宽一个极大的荣誉——跟随自己东巡泰山，参加封禅大典。

这是秦始皇之后，第一次有皇帝举行封禅大典。如此重要的仪式，主持人自然要精挑细选，御史大夫倪宽当仁不让地接过了这份重任。

仪式举办得非常成功，汉武帝很欣慰，又交给倪宽一个重要任务——主持修改历法。倪宽带领由司马迁、公孙卿等人组成的优秀团队，广招能人异士，修订出了新的历法——《太初历》。

这是一项划时代的成就，《太初历》是我国古代第一部比较完整的历法。这是一次意义重大的历法改革，对后世产生了深远的影响。

倪宽的经历告诉我们，没时间只是借口，学习的时间是可以挤出来的，"学霸"都是利用时间的高手。

董遇 / 沈驎士 · 时间都去哪儿了

东汉末年,有个特别内向的孩子,他不爱说话,一有空闲的时间就读书。当时天下不太平,哥哥带着他投奔了一个朋友。可战乱年代谁都不容易,兄弟俩还得自己养活自己。只要能填饱肚子,他们什么都干。他们有时到田里捡遗落的稻子粒拿去换钱,有时上山砍柴背到市场去卖。

哥哥发现了一个很奇怪的现象——弟弟总是跑到别人家里借书,然后趁休息的时间学习。砍了半天柴的哥哥汗流浃背,累得腰酸背痛腿抽筋,躺在地上一边闭目养神,一边讥讽道:"累都累死了,还读什么书?书读得再多,能填饱肚子吗?别做白日梦了,我们天生就是穷人命。"

弟弟只是笑了笑,在别人泼冷水的时候,最好的应对就是闭嘴,然后继续用功。读书多总没什么坏处,而且穷人就不能翻身吗?

弟弟继续埋头苦读,哥哥摇了摇头,打着呼噜睡了过去。

时间一天天过去，小孩的学问也一天天精进。他对《老子》最有研究，详细地做了注释，还把对《春秋左氏传》的研究心得写成了《朱墨别异》。

他竟成了远近闻名的大学者。

这个人就是董遇，三国时期魏国的著名学者。

出名后，很多人前来向他请教问题，并想拜他为师。他看来人连书都没认真读过就谈理论和方法，问道："这本书你读几遍了呀？"

来请教的人局促地摸了摸头，不好意思地说道："一遍还没读完呢，实在看不懂啊。"

"那回去先读一百遍再说吧！只要反复读，就能理解其中的意思了。"董遇淡淡地说。

来人很失望，一百遍，说得轻巧。

"我哪有那么多时间啊？"

"你利用好三余时间。"

"什么三余？"

"冬天，没有多少农活，这是一年中最空闲的时间；夜晚，不必下地劳动，这是一天中最空闲的时间；雨天，不方便出门干活，这也是空闲的时间。"

来人若有所思，大师就是大师，把别人休息、偷懒、恋爱的时间全用在学习上了。

即使没有余闲时间,也能一边干活一边读书。

南北朝时期,南朝宋、齐年间,有个小孩叫沈驎士,他的家里很穷,一家人辛苦劳作,也吃不饱穿不暖。他虽然很想读书,可大量的劳动让他不得空闲。

农闲的时候,他学习织帘技术,很快就由"小白"晋升到"大神",成为织帘高手。他织的帘子物美价廉,销量不错,家里总算宽裕一些了。

但他并不满足于只做个技术工,时刻想着重拾之前的读书理想。买不起书,他就向客户、亲戚朋友们借,只要有书就借来抄,抄完再还。

除了织帘,他还得砍柴挑水做农活,读书的时间怎么能挤出来呢?

山人自有妙计,他织帘的技艺炉火纯青,闭着眼睛都能做,于是他尝试着一边织帘一边读书。说干就干,可是他高估了自己一心二用的能力,一开始他有些眼花缭乱,织帘顾不上看书,看书又顾不上织帘,导致生产效率大打折扣,读书效果也一塌糊涂。

小沈驎士最大的优点就是心态好。既然一个月不行,那就两个月,两个月不行,那就三个月……皇天不负有心人,他终于练就了读书、工作两不误的本领,手在动,眼在看,帘子织好,书也看完了。

到了晚上他就坐下来认真抄录借来的书籍,抄的过程也是学的过程。他白天读,晚上抄。一晃过了几十年,沈驎士变成了远近闻名的学者,很多人从远方来拜他为师,跟他学习。朝廷也几次三番地征召他去做官,但他不肯去。这不一定是清高,也许是他大智慧的彰显。他所处的时代,政权频繁变更,朝廷里经常血雨腥风。乱世中,远离政治漩涡就是自保。

我读书,我快乐;我织帘,我快乐。沈驎士快乐的生活创造了寿命的奇迹,八十岁的他仍精神抖擞,时人皆叹服。

可命运的打击还是毫无征兆地降临到这位耄耋老人头上,一场诡异的大火烧毁了他抄了一辈子的书,足足几千卷哪!一把年纪的沈驎士看着眼前的灰烬,双手都在颤抖,这可是他留给后人最大的财富,是他的毕生心血。

沈驎士不愧是沈驎士,如果他心态不好,也不可能如此高寿。他作出一个惊人的决定——重新抄。反正现在白天不用再织帘了,八十多岁的他,开始挑战几乎不可能完成的任务。熬了几百个日日夜夜,他终于又抄完了几千册书,同时还写了《周易两系训》《庄子内篇训》等书。

董遇利用"三余"时间,沈驎士利用工作时间,皆在学问上有所成就,实现了人生理想。我们经常会发问,时间都去哪了?其实时间一直都在,它就藏在生活的细枝末节里,只要善待它,时间不会辜负任何人的期待。

邵雍·洛阳城中有"男神"

他是一个时代的"精神偶像",是社会风气的引领者,更是北宋洛阳城背后的"男神"。

少年时期,他特别爱读书,几乎什么书都拿来读。在读书的过程中,为了磨练强大的抗击打能力与百折不挠的意志力,他采取极为自虐的方式:冬天再冷也不生炉子——反正也没钱;夏天再热也不扇扇子——为了不分心;夜里再困也不到床上睡觉——这个属于自虐。晚上读书读累了,他就趴在桌子上睡一会儿,醒了再继续读,竟然连续几年都没有好好上床睡觉。他经常把书抄写下来,贴在房间的墙壁上。

目光所及,都是书页。

他不仅自己苦读,还向知识渊博的人请教,拜了当时的大才子李之才为师,学习最古老难懂的《河图》《洛书》和伏羲氏的八卦六十四卦图像。古人会借助一些图形,推演大自然的奥秘,这是一门类似神秘学的学问,懂的人也很少。

你如果在古代能预测出天气情况、未来的自然灾害什么的，是不是很酷？是不是会有很多人崇拜你？

这些知识在古代，除了"学霸"级别的人，普通人还真的很难掌握。博学多才的他在学习的过程中逐渐领悟到自然与人生的道理，明白了天地运行的规律、世道变迁的规律，熟悉了各种动植物的特性，还把学习所得写成了大量的文字。此时的他俨然已经是一个学识广博的哲学家、文学家、数学家了。

可是"学霸"永不止步。

有一天他突然感叹道："昔人尚友于古，而吾独未及四方。"

这句话的意思是：古人读书求学，尚且知道要访师拜友，而我却没有走出去。像我这样一味埋头书房，不去看看外面的世界怎么行？

不看不知道，世界真奇妙。

于是他来了一场说走就走的旅行。他走过黄河与戈壁，翻过大山与丘陵，穿过树林与草原，认真观察世间万物，深入考察古迹遗址，走遍大半个中国，学到了很多书本上没有的东西。

"学霸"归来，再一次感叹："道在是矣！"

世界已经在我心中！

这个人就是邵雍，他的名气越来越大，拜访他的人越来越多。

为了学到更多本领，他带着全家来到北宋繁华的"一线城市"——洛阳，住在破茅草屋里。他并没有参加科举考试，只靠砍柴为生，亲自烧火做饭给父母吃，过得如此艰难贫困，却依然手不释卷，脸上还时常挂着恬淡的微笑。

周围人很不理解，这么有学问的人为何不去参加科举，考取功名？宋朝的文官待遇可是很好的！这人不会受过什么打击吧？是害怕考不上吗？

虽然他不去做官，却被当官的人视作偶像。有疑问，找邵雍。"偶像"摇着扇子，三言两语就给点破解决了，真是世外高人哪！

富弼、司马光、吕公著等人彼时都住在洛阳，也成了邵雍的忠实"粉丝"，经常和他一起游山玩水。大家看他的茅草房太破，干脆合伙出钱给他买了座大宅院。邵先生，请笑纳。

嗯，那就笑纳吧！

邵雍也不推辞，坦然接受，反正我也没求着你们买，既然买了，我也不装清高。他还给自己这座宅院取了名字——"安乐窝"，自称"安乐先生"。

加入当朝名人的朋友圈，住着高官们免费赠送的"安乐窝"，邵雍的名气更大了。

没了生活压力的邵雍每天都要饮酒三四杯，微醺后就吟诗几首。春天农闲的时候，天气晴朗，他就乘着一辆小车，走走停停，随意闲逛。官员、文人、老人、小孩、衙役、商人、小贩见到他都会兴奋地说："吾家先生至也。"

没人直呼他的姓名，洛阳城到处都有他的"粉丝"。

一个时代以什么样的人作为"偶像",基本可以反映出这个时代人们的精神风貌。有些富贵人家,为了留"偶像"住一晚,仿造他的"安乐窝"建了一模一样的房子等候邵雍的光临,取名叫"行窝",搞得跟皇帝的"行宫"一样。万一哪天邵先生喝醉酒看错门不就进来了吗?

各级官员、文人到了洛阳,必定会去"安乐窝"拜访邵雍。邵雍品德高尚,学识渊博,但从不表现得高高在上,更不会藏着掖着,故作高深。他对谁都敞开心扉,坦诚相待。他的行为潜移默化地影响着洛阳城的人,整座城的人都被他感化了。

他就是洛阳城的新名片!

司马光以邵雍为兄长,两个人皆品德高尚、学富五车。洛阳城中的家长在教育孩子时甚至会说:"你做了不好的事,司马先生、邵先生会知道的。"

朝廷几次三番召他做官,他都不肯。他对功名已经看得没那么重了。到了宋神宗时期,正值王安石变法,很多反对派官员都跑来跟邵雍诉苦,这变法搞得怨声载道,没法干了!辞职!邵雍心平气和地劝说道:"新法固然严苛,但是你们如果能尽自己的力量对百姓宽厚一分,百姓就会受恩赐一分。你们弃官对百姓又有什么好处呢?"

邵雍用自己的学识与品行影响了整整一个时代,是当之无愧的"男神"。

吴昂 / 黄霸 · 朝闻道夕死可矣

在明朝浙江的海盐县,有个少年,家里条件不好,但他很好学,能找到的、借到的书他都读了个遍。他听说隔壁海宁县有个叫祝萃的人博学多闻,天文、地理、数学、医学无不精通,辞官归乡后,在家里办了个"辅导班",教人读书,而且方法得当,懂得因材施教。

少年想跟有本事的人学习,就穿着粗布衣服,脚踏草鞋,背着书箱,徒步走到海宁县,来到了祝先生家门口。进门之前,他低头看了看脚,脚背、脚踝和小腿沾满了泥巴,这样进门太没礼貌了,于是他脱掉破烂的草鞋,在小河里反复搓洗,洗干净才进门。

"咚咚咚!"

学堂的门打开了。

里面的学生如同看到了怪物,这个家伙从哪里冒出来的啊?该不会是来乞讨的吧?看着也不像啊,乞丐怎么会背着书箱?

"请问祝先生在吗？"少年毫不在意别人的目光，不卑不亢地问道。

"我就是祝萃，请问你是？"祝萃温和地说道，一边上下打量少年，这孩子昂首挺立，眼睛里射出坚毅的光芒。

"我叫吴昂，听闻先生有大才，学生想跟着您学习，请收下我吧！"吴昂深深地鞠了一躬，抬头仰慕地看着眼前这个儒雅温和的先生。

祝萃也曾是寒窗苦读过的人，深知这样的孩子奋斗历程有多艰辛，立马就答应了。可问题是，家里的房间已经让学生住满了，正好他想试试眼前这个少年读书的决心，就说道："我愿意收下你，只是你来晚了，我这边的房间已经住满人了，只有一间牛棚还空着……"

"没关系，我就住牛棚！"吴昂二话不说就走进牛棚，脱掉衣服认真打扫，不一会儿，臭气烘烘的牛棚变成了干净简陋的小屋。祝萃满意地点点头，孺子可教啊。

吴昂每天晚上都在牛棚里朗读白天先生教的书，圈重点，划要点，做笔记。

凉爽的秋天还可以，到了冬天，牛棚简直就是地狱，北风吹，雪花飘，正常人根本扛不住啊！怎么办？

动起来，为自己读书喝彩！

吴昂看会儿书就搞几个跳跃运动，身体暖和了，再继续读书学习。

很快到了年底,同学们都回家过年了。祝萃为了激励这个意志极为坚强的学生,特地送了大米和布料给他,并嘱咐说:"你过完年再来!"

吴昂回到家,刚吃完饭,他又步行上百里路,来到祝萃家的牛棚。

大年初一早上,祝萃大吃一惊,问:"你怎么今天就来了?"

吴昂恭敬地回答:"您对我关怀备至,我一定要加倍努力读书,才能不辜负您的期望。"

这孩子,将来必成大器啊!祝萃感叹。

果然,明朝弘治十八年(公元1505年),吴昂考中了进士,当了知县,用所学造福地方百姓。

当时宁王朱宸濠的手下欺压百姓,横征暴敛。老百姓苦不堪言,结伴在附近的丁家山建立营寨,抵抗宁王收重税,结果被宁王诬陷为强盗。宁王命令吴昂去围剿。吴昂对此事心知肚明,他沉住气对宁王说:"这些百姓不过自保而已,不是反贼,请给我点时间,我亲自前往劝说。"于是他孤身一人前往营寨,劝解百姓。大家敬佩吴昂的为人,纷纷散伙,避免了一场屠杀惨剧。

是金子一定会发光的,学识渊博的吴昂官越做越大。他历任云南按察司佥事、淮徐兵备副使、福建左参政、福建右布政使。他一边做官,一边读书,钻研《周礼》,著有《周礼音释》《南溪集》等书。

在牛棚里读书好歹还算自由，身处监狱该怎么办呢？

西汉宣帝时代的大牢里，有两个官员模样的人，一个唉声叹气、满脸悲愤地靠着墙，另一个从容淡定地坐在稻草上。两个人都是因言获罪，被判死刑，等候处决。时间一天天过去了，他们始终没有等到行刑的诏书，等死的过程比赴死更难受。

坐在稻草上的人对靠着墙的人说："夏先生，您是研究《尚书》的大师，之前我就很敬佩您，可惜没有时间向您请教。现在，我想趁坐牢的时间向您讨教，您肯不肯收下我这个学生？"

靠墙的那个人眼睛猛地睁开了，掐了下大腿，没做梦啊！那就是对方在搞笑！都要被杀头了，他还有心思在这里开玩笑？于是没好气地说："你开什么玩笑？在这里？监狱？都要杀头了，还学什么！"

"子曰'朝闻道，夕死可矣'，说的不就是我们现在吗？"坐在稻草上的人一本正经地说，看样子不是疯了。

靠着墙的人听了这句话心生愧意，自己好歹也读了一辈子圣贤书，怎么连这个道理都不懂？

"好吧，我教你。"

于是两个人在监狱里开始探讨《尚书》。轻舟慢行学海，风景都在路上。两人讨论得不亦乐乎，监狱里看押犯人的管理员都以为他俩疯了。

靠着墙的人叫夏侯胜,曾担任长信少府,是个远近闻名的"学霸",他从小就跟着父亲学习儒家经典,不断地总结学习经验,开创了研究《尚书》的新学派——"大夏侯学"。

坐在稻草上的人叫黄霸,曾担任丞相长史。少年时期的黄霸喜欢读法律著作,特别想做一个有作为的官员。西汉时候没有科举制度,他苦于无人推荐,只好捐了个官。

捐官又称捐纳,是封建社会时期为缓解财政困难,允许百姓向国家捐纳钱物获得官职爵位的办法。

黄霸捐了好多谷子,弄了个小官,他决心造福百姓,获得政绩,得到升迁。

汉武帝死后,汉昭帝即位,由大将军霍光辅政。朝廷的政策仍然沿用汉武帝末年的严刑峻法,为了迎合朝廷政策,各地官员都以执法严酷为纲领,即使有冤案、错案也在所不惜。

所谓"上有所好,下必甚焉",各地酷刑逼供事件愈演愈烈,因为这是各级地方官员出成绩最快又最轻松的方式,把嫌疑人拉来就是一顿打,不说继续打,再不说连家人一起受苦。与其生不如死,还不如死个痛快,于是很多人就此签字画押,认罪认罚,官员的办案效率大幅"提升",政绩就出来了。

黄霸却是异类,他爱民如子,宽以待人。因为熟悉法律条文,做事讲究证据,又能明察秋毫,所以他任上冤假错案很少。因此,

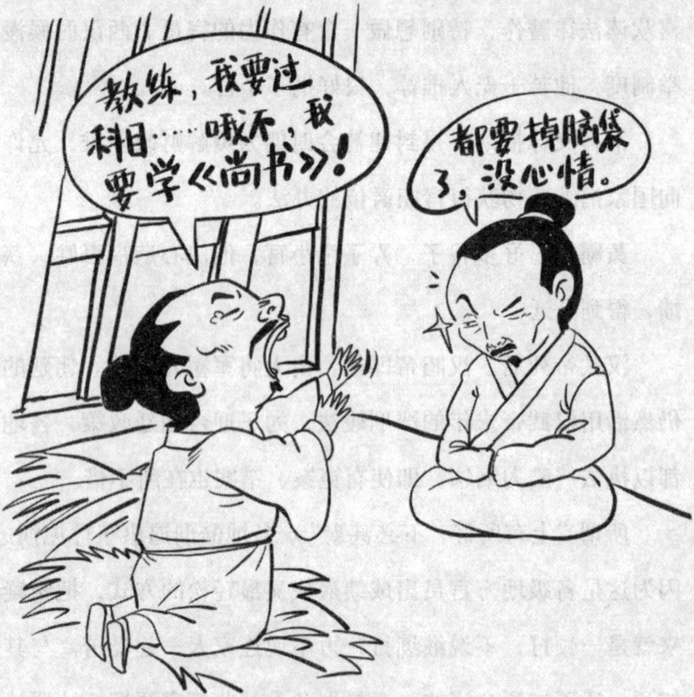
教练，我要过科目……哦不，我要学《尚书》！
都要掉脑袋了，没心情。

黄霸受到百姓的爱戴和下属的敬佩。

他在颖川郡任职的时候,有一家富户,兄弟俩在一起生活,他们的媳妇同时怀孕了。哥哥的媳妇生了个死胎,一直隐瞒着没告诉别人。

弟弟的媳妇生了个男孩,哥哥的媳妇又恨又妒,于是强行将孩子夺去,并声称孩子是自己生的。双方各执一词,一直争论了三年都未能解决。于是,二人闹上了公堂。

古代是没有基因检测技术的。黄霸想了个办法,他命人把孩子抱到大堂中间,让两个女人去争夺,说:"谁能把孩子抢过去,便将孩子判给谁。"哥哥的媳妇不管三七二十一,拼命争夺,孩子哭了也丝毫不在意。而弟弟媳妇既想把孩子争回来,又怕会伤到孩子而不敢使劲儿,表情痛苦。

看到这里,黄霸就明白了,大声呵斥哥哥的媳妇:"你只想得到儿子,怎么会顾忌到他是否受伤害呢?孩子是谁所生,本官已经知晓,大胆刁妇,还不赶快认罪。"

是不是有点狄仁杰断案的传奇味道?"学霸"断案凭智慧。

黄霸政绩突出,又受百姓爱戴,这让他一路升迁,最终升任丞相长史。

可不久之后,朝廷里发生了一件事,把春风得意的黄霸拉入了"冰河世纪"。

早年流落民间的刘病已(汉宣帝)好不容易继承了皇位,便想方设法地要给自己一个令人信服的身份。他想了个办法，借力用力，抬高曾祖父汉武帝的形象，标榜自己是武帝的嫡传后代。于是他下诏颂扬汉武帝，要求群臣讨论武帝的"尊号"和"庙乐"。

皇帝发话了，官员们纷纷上疏称赞皇帝的好主意，为"尊号""庙乐"出谋划策，到处一片颂扬之声。偏偏这个时候有粒"老鼠屎"站出来极力反对，他说，汉武帝虽有开疆拓土的功劳，可是他晚年穷兵黩武，消耗国力，导致百姓们流离失所，不该抬得太高，不能另立庙乐。

这颗"老鼠屎"就是儒学大师夏侯胜。

汉宣帝脸色铁青，大臣们立马把枪口对准夏侯胜，说他侮辱先帝，大逆不道。

骂完不过瘾，大臣们还联名上疏弹劾罢免夏侯胜。担任丞相长史的黄霸因为仰慕夏侯胜为人，又觉得夏侯胜并无过错，拒绝在弹劾夏侯胜的联名书上签字。

这让黄霸成了夏侯胜的"同党"，二人皆目无圣上。

两人在声势浩大的讨伐声中被捕入狱，判处死刑，成了难兄难弟。

汉宣帝毕竟不是昏君，虽然判了二人死刑，却并没有下达处死的命令，这是在给二人机会。他知道那二人是可用之才，拖着吧！这一拖就是三年，黄霸的学问在此期间大有长进。

有一天，很多地方同时发生地震，汉宣帝为了祈求太平，宣布大赦天下，两个人都被释放了。

夏侯胜做梦也没想到，出狱后的他立刻被汉宣帝任命为谏议大夫，他第一时间就向皇帝举荐狱友兼学生的黄霸当扬州刺史。

从此"学霸"归来，黄霸仍不改他爱民的作风，官位节节攀升，一路升到丞相。他以七十七岁的高龄成为汉宣帝的左膀右臂。

黄霸虽然家境不错，并非贫寒子弟，但是他功成名就的关键，仍是依靠个人的奋斗，从底层做起，不改初心，也是一位逆袭的榜样。

对学问的追求是没有尽头的，读书对于吴昂和黄霸来说，不仅仅是仕途的敲门砖，更寄托着他们的人生理想。

江泌 / 车胤·光的奇遇

在古代，油灯是奢侈品，贫穷人家是用不起的，为什么？因为太耗油了。一般油灯使用的是动物油或者植物油，用不了多久就会耗光，穷人家做饭的时候都舍不得放油，何况是用来点灯。

有人会问，为什么不用蜡烛？贵啊！汉朝时蜡烛绝对是顶级奢侈品，君王把蜡烛作为奖赏赐给官员，普通人家怎么可能买得起？到了南北朝、隋唐时期，蜡烛的应用多了些，但也主要限于中上层社会。宋朝蜡烛虽然用得比较普遍，还是属于"炫富"产品。到了明清以后，蜡烛才渐渐地走入寻常百姓家，但它依然不便宜。

在古代，照明可不是一件轻松的事。古代的蜡烛通常由动物油脂制造，所以点灯的同时还得防止被老鼠偷吃。书还可以借来抄，灯和油却借不来，所以很多贫寒子弟想尽办法借光读书。

南北朝时的齐国，一间平房里，有个少年穿着到处是洞的衣服，正坐在床沿读书。没有灯光？但他有月亮。买不起油灯还不能接受大自然的馈赠吗？

只是月亮太调皮，不停地往东南方向退，时不时还要蒙上云做的纱幔，此时，字就看不清了。少年眉头一皱，唉，他只好披着"洞洞衣"走到屋外。深夜，屋外冷风吹，他斜倚着门框继续读书。

夜深了。

啊！少年打了个长长的哈欠，困了……

他看了看手中的书，还有问题没弄明白呢！白天他还要做木屐拿去市场卖钱，没时间读书啊！

他抬头一看，月亮还在，岂能辜负月光呢？他把衣服裹紧，继续读书。

少年名叫江泌，是南北朝时期人，成语"映月读书"说的就是他。

后来他做了齐国的官，成为皇子南康王萧子琳的侍读，能做皇子的同班同学必定是经过千挑万选的"学霸"。他与萧子琳有同窗之谊，且两人私交甚密，成了好哥们。可惜齐明帝萧鸾篡位之后，对武帝萧赜还在世的儿子们痛下杀手，疯狂屠戮萧氏子弟，萧子琳也在其中。江泌的好哥们儿就这样见了阎王爷。

江泌奔丧的时候，眼睛都哭出血了。

得此一友，夫复何求？重情重义的江泌被后人称道。

除了映月读书的江泌，还有一个人也善于利用自然光源。

车胤的曾祖父车浚，曾任孙吴的会稽太守。父亲车育，做过

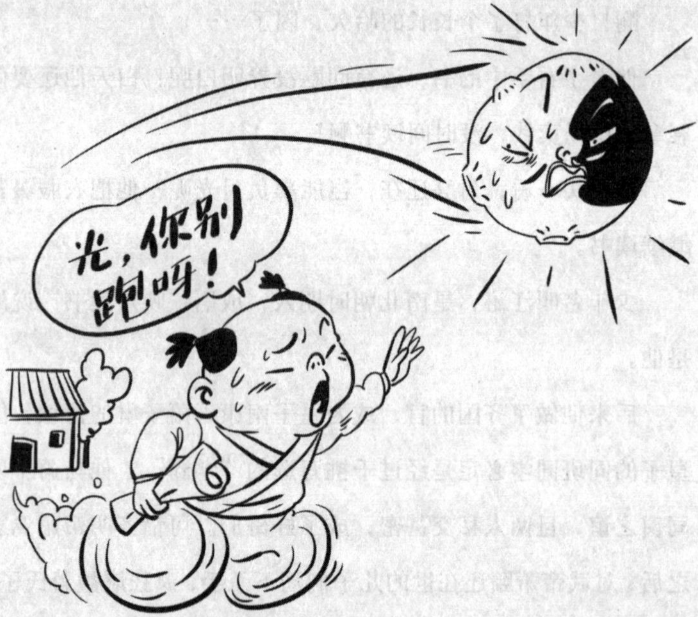
光，你别跑呀！

吴郡主簿一类的小官，按说他的家庭条件不算差，加上父辈都是读书人，家里还有些藏书。要知道在那个时候，家中有书可比黄金还难得，很多人一辈子也见不到书。

书是祖上传下来的，但读书用的灯油比较贵，家里没有实力支持他每天晚上读书。车胤很用功，夏天的傍晚，看到别的小朋友追着萤火虫跑，他就突发奇想，用白色的布袋装满萤火虫，做成一个"小布灯"来照明读书。

魏晋时期，没有科举制度，社会底层民众缺乏上升通道。寒门子弟要想出人头地，可以依附名门望族，做个门客、助理什么的。当时晋明帝的驸马、屡建战功的桓温听说车胤的事迹后，召他为助手，后来升他为主簿。因为车胤读书广博，学识丰富，深得桓温赏识，桓温每次有聚会的时候，都会带着车胤。

东汉末年，门第的观念已经形成；魏晋南北朝时期，名门望族往往世代为官，把持朝政。朝廷成了他们的家族企业，大家相互举荐，子弟都身居高位。他们掌握了推举权、选拔权，门生故吏遍布天下。这些家族以门阀自称，成为特殊的利益集团。他们家世显赫，世代累积的财产、土地数量惊人，还在朝廷拥有实权，有些门阀甚至可以左右朝政，甚至皇帝的任免。时间长了，出生在这种家庭的人，都有强烈的优越感。

在门阀贵族组织的宴会上，车胤凭借多年苦读积累的知识，总能接住别人的话题，很快成为名门聚会上的焦点和"段子手"。

他一来，聚会就成了他的"脱口秀"专场。如果哪次他没来，大家就会感叹："车胤没来，聚会有点儿无聊哎！"

寒门出身的车胤总算在名门望族的朋友圈里占有了一席之地。那些梦想有一番作为的门阀子弟，自然想用些有本事的人。车胤受到当时仆射（相当于宰相）谢安的关注。谢安出身于陈郡谢氏，很有才干。在谢安的提携下，车胤很快有了展示才能的舞台，长期刻苦读书终于有了回报，他升任中书侍郎，成了宰相的助手，时不时还能给皇帝讲讲课。不久后又被擢升为吏部尚书，成为朝廷核心圈子中的一员，这在"上品无寒门、下品无士族"的两晋可是破天荒的人事任命。

谢安去世后，东晋孝武帝的亲弟弟司马道子掌握朝政，孝武帝与司马道子都嗜酒如命，纵情享乐，不理朝政。朝廷实权落到司马道子的儿子司马元显手中，他掌权期间，排除异己、迫害贤良，引来很多正直大臣的反感，而吏部尚书车胤就是其中一位。

车胤想除去司马元显，肃清朝政，可惜事情被泄密，他被司马元显逼得自杀。临死前，车胤表现出了读书人该有的气节，他愤怒地说道："吾岂惧死哉？吾求一死以露权奸耳！"

车胤像他小时候装进布袋里的萤火虫一样，他拼命地发光，照亮了历史的一个角落。

第二章

中年大叔如何转型成为"偶像"

段干木·有钱不是放弃学习的理由

战国初期的魏国在魏文侯与李悝的大力改革下迅速崛起,人才辈出。魏文侯亲自邀请孔子的学生子夏来魏国西河地区教授儒家学说,备受感动的子夏带着弟子们亲自到西河坐镇。孔子的学生分为好多种:曾参、曾申父子讲究孝和礼,在战国属于冷门学科,而子夏的学问讲究实用,属于当时的大热门。子夏的弟子公羊高与谷梁赤开设了"历史课",讲解春秋时期的故事,演变出后来著名的《春秋公羊传》和《春秋谷梁传》;子贡与他的学生田子方除了开设儒家经典课程,还根据自己的特长开设了"纵横术"和"经商课"。

战国时期,什么有用学什么!

一大批人聚集到魏国西河地区,围绕在"精神偶像"子夏周围,形成了战国初期著名的西河学派,魏国也成了人才向往的"理想国",这里不仅有高标准、高水平的学校,还有科学的选拔制度。简单来说,在这里不论出身,只凭本事。

其中有一位被读书人看不起的中年富商,也跑来凑热闹,想要附庸风雅。

此人出生在魏国,小时候家里一贫如洗。想去读书根本不可能,于是他跑到晋国做起了投资少、见效快的家畜贸易中间商,俗称牙商,相当于现在的中介,为买卖双方谈成交易服务。

因为伶牙俐齿,思维活络,他成了晋国的牙商首领。此时的他有钱却没文化、没地位,口碑还不好。自古以来,商人就低人一等,何况是整天跟牲畜打交道的商人?《吕氏春秋》把他同颜涿、子石等奸猾之人划为一类,统称为"刑戮死辱之人",可见他的社会地位之低。

土豪有钱了,年纪也不小了,准备学点知识镀金,去哪儿好呢?

家乡魏国西河的私学办得红红火火,只要交学费就能去学习。于是他来到西河,拜子夏为师,跟田子方成了同学。他很聪明,学什么都快,深得子夏的真传,学问与品德大有长进,从被人鄙视的商人变成人人称赞的"好学生",他的名字叫段干木,是魏国的名人。

他的名气大到什么程度呢?魏文侯的弟弟魏成子礼贤下士,常散尽家财来结交能人异士,他就最推崇段干木。魏文侯听说有这么一号人物后,激动得当晚就趁着月色登门拜访,可是段干木却不愿意与魏文侯会面,翻院墙跑了。

好朋友田子方、翟璜、吴起等人先后到朝廷任职了，他依然不愿意出来做官，有人说他洁身自好，有人说他沽名钓誉，其实他就是懒得做官。他挣的钱一辈子都花不完，何必要去官场勾心斗角呢？

魏文侯为了请他出山，每次路过段家宅子，都会站在马车上驻足仰望，表达诚意。最终他感动了段干木，两人相见如故，在一起讨论治国大计。魏文侯听他讲得出神，站了很长时间都没有坐下。

既然段干木不愿做官，那就给做官的讲讲课吧。他开始负责培训魏国的王公贵族与高级官员。他富有德义，在民间享有很高的声誉。

晚年的段干木一边隐居，一边开课教授学问，潇洒地过完了一生。

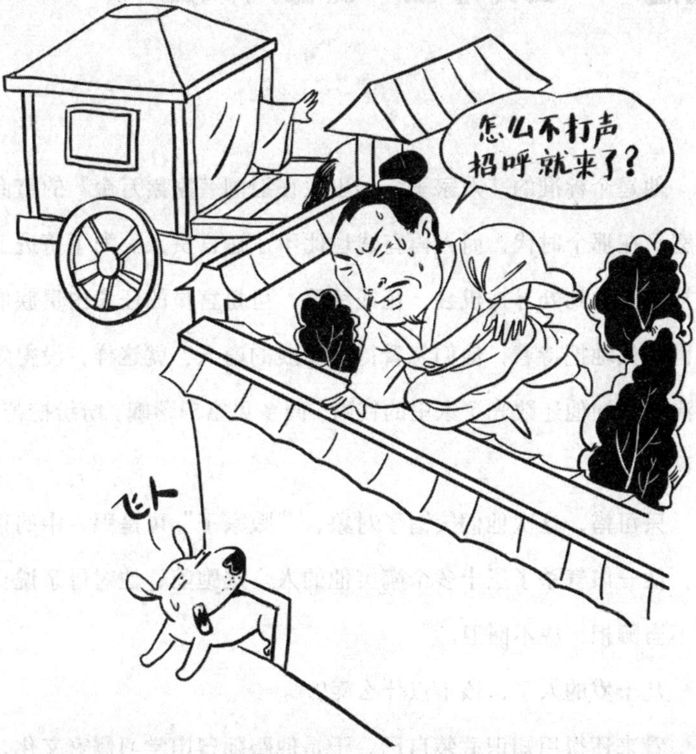
怎么不打声
招呼就来了？
飞人

吴起·"二好学生"的奋斗人生

他是个标准的"败家子",出生在卫国"家累万金"的富商家庭。在那个时代,商人再有钱也比不了达官贵人。为了挤进上流社会,他到处寻找机会,花钱铺路,可是官员的任命由贵族们世世代代地把持着,他们怎看得上卑贱的商人?就这样,没得到政治前途的他还败光了家里的钱财。同乡见富户落魄,纷纷挖苦、嘲讽他。

只可惜,这次他们笑错了对象,"败家子"可是狠人中的狠人,他一口气杀了三十多个嘲笑他的人。逃跑前,他对母亲说:"不当卿相,决不回卫。"

几十岁的人了,该干点什么呢?

看来还得用知识武装自己。于是他跟随曾申学习儒家文化,跟李悝成了同学。虽然他学习刻苦,成绩也不错,却最终被授业恩师曾申赶出了学堂。为什么呢?原来他母亲去世的时候,因为身负人命官司,他没有回家奔丧守孝。曾申一看,竟是不孝之人!

于是将他逐出师门，断绝了师生关系。

这位学生的名字叫吴起。

吴起也愤怒了，亲人去世我便一定要回去守孝被人杀掉？罢了，罢了，儒家也不过是重形式而已！不学也罢！要学就学热门专业，战国什么专业最热门？兵法！

吴起跑到鲁国开始学习兵法后，如鱼得水！经过几年刻苦钻研，他成了兵法理论专家。当时齐国发兵攻打鲁国，有人向鲁元公说，只有吴起才能救鲁国，不如让他带兵抗击齐国。鲁元公犹豫了，吴起的妻子是齐国人哪，他能安心打齐国？

吴起仰天长叹，我已经老大不小了，再不建功立业，当年对母亲的承诺何时能实现呢？于是他杀了妻子，表示自己与齐国再无瓜葛。吴起杀妻的故事广为流传，但真实性有待考证，不过从侧面说明了吴起为成功不择手段的一面。

吴起这个人学习好、身体好，但是品德不好，顶多是个"二好学生"。

他确实有军事才能，率领大军毫无悬念地击败了齐国。他的成功在鲁国激起了浪花——一个底层商人子弟竟然如此轻松地取得盖世功劳，岂不是动摇了贵族们的根基？于是鲁元公时常能听到关于吴起的坏话，"这样品格低劣的人，您能保证他以后不杀您吗？"

鲁元公的额头冷汗直冒，索性撤了吴起的官职！

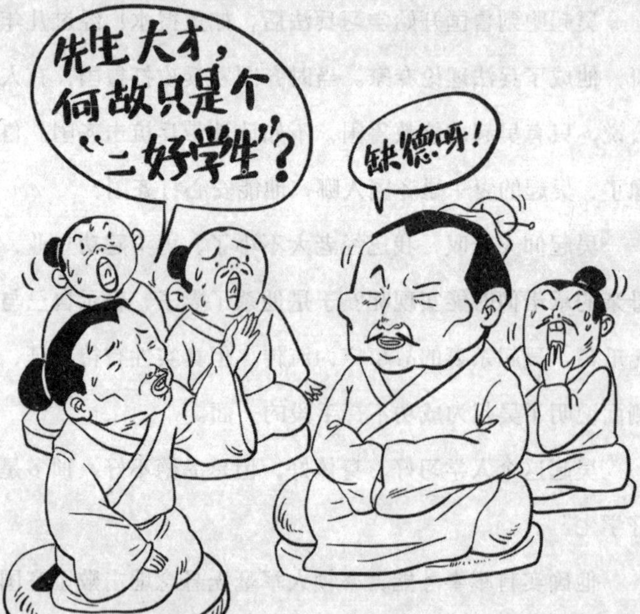
先生大才，何故只是个“二好学生”？
缺德呀！

在门阀贵族掌权的年代,底层百姓想要进入权力中心,太难了!

鲁国待不下去了,老同学李悝推荐他来到了魏国。雄才大略的魏文侯看了吴起辉煌的"简历",问李悝:"吴起是个什么样的人啊?"

作为同学兼朋友,李悝自然清楚吴起的底细,于是客观地评价道:"起贪而好色,然用兵,司马穰苴弗能过也。"虽然这个人贪恋功名且好色,但是要论用兵,司马穰苴(齐国著名军事家)也不如他。

魏文侯不愧是一代明君,他没有放大吴起的缺点,在简单"面试"后,直接任命吴起为主将。处于"试用期"的吴起交出了漂亮的答卷——攻占了魏文侯早就垂涎三尺的秦国西河地区。魏国在这个地方设立西河郡,任命吴起担任郡守。

魏文侯死了以后,秦国为报夺西河之仇,派大兵压境,吴起一战封神。当时秦国出兵五十万,雄赳赳气昂昂地向魏国进发,年轻的魏武侯傻眼了,怎么办?

西河是你夺的,吴起,还是你上吧!

吴起亲自率领没有立过军功的五万新兵,加上战车五百辆、骑兵三千余,居然大败了人多势众的秦国军队。

眼见吴起立下大功,魏国的贵族们再也坐不住了,他们早就对魏文侯时的改革心生不满——原来那些身份低下的人,现在居然跟我们平起平坐,甚至吃穿用的比我们的规格还高,再给他们机会,还有我们的好日子过吗?

贵族们联合起来进谗言。魏武侯没有继承魏文侯的雄才大略,他早就对那些出身卑贱的人不满意了。

吴起在魏国也待不下去了,但是战国时代也有好处——机会很多。此处不留爷,自有留爷处。

有本事的人不怕失业,这不,楚悼王主动向他抛出橄榄枝,吴起投奔了楚国。他做了一年宛城太守后,被火速提拔为令尹(相当于宰相)。吴起迎来了他人生中最高光的时刻——他开启了变法。他制定严格的法律制度,加大普法力度,让人人都懂法守法;取消贵族一切特权,不合格的官员统统下岗,谁有本事谁上;裁减政府机构,省出钱奖励战场英雄;禁止私人请托,打击楚国官场不良风气……

雷厉风行,杀伐果断,改革就需要这样的气魄与狠劲儿!

楚国雄起了!变法后的楚国先后打败赵、魏等强国。

但改革必然会招来守旧势力的痛恨。

一批在变法改革中被迫"下岗"的旧贵族们始终躲在暗处等待机会。

等到支持变法的楚悼王去世,迫不及待的旧贵族们在楚悼王的葬礼上用箭射伤前来奔丧的吴起。

这些人竟然明目张胆地在楚王的尸体旁射杀功臣,看来真是急疯了！

狠人就是狠人，临死也要拉上垫背的。吴起拔出身上的箭，插在楚悼王的尸体上，用尽力气大叫："群臣作乱，谋害我王！"那些贵族们杀红了眼，仍向吴起射箭，也把楚悼王的尸体射成了刺猬。

楚国的法律中有一条：丽兵于王尸者，尽加重罪，逮三族。新即位的楚肃王也是杀伐果断之人，他下令：杀吴起时射中楚悼王尸体的人夷三族，吴起的尸体也五马分尸。

受此牵连而被灭族的有七十多户。没有了吴起坐镇，楚国变法无法进行下去了，楚国崛起之路从此被打断。

虽然吴起有急功近利的一面，但客观来说，他凭借个人的学识与本领，冲击了夏商周以来的贵族特权制度，由商人家的"败家子"成为搅动风云的军事家、政治家、改革家，实在是了不起。

他将自己的思想浓缩在《吴起兵法》这本书中，给后人留下一笔非常宝贵的财富。

蒯通·一张嘴樯橹灰飞烟灭

秦朝末期，陈胜、吴广一声怒吼，压抑许久的天下人纷纷响应，拉开了秦末农民起义的壮丽画卷。战争虽然残酷，但它给了"学霸"们充分展示自己的舞台，不管是你高官显贵，还是无名小卒，只要有本事，就能纵横天下。

陈胜手下的大将武臣率兵攻克邯郸后，践行了陈胜那句"王侯将相宁有种乎"。陈胜做得大王为何我做不得？于是他自立为赵王。

成为赵王的武臣在张耳、陈馀的建议下浩浩荡荡地朝范阳出发。

范阳城有位叫蒯通的隐士坐不住了。生逢乱世，对有些人来说也是机会。经过一晚上思考，他踏上了封神之路，迎来了人生中第一次闪亮登场。

蒯通是个超级"学霸"，他长期研究战国名士们的理论，编成一部奇书——《隽永》。可惜这部书在战火中遗失，直到西汉末年刘向编订《战国策》时，才零星地找到其中一些章节。

现在多数人认为刘向是《战国策》的编著者，也有一些学者认为它是蒯通的作品，刘向只是在蒯通的基础上校订而已。历代学者对《战国策》的原作者争论不已，后世对《战国策》的整理者大多数持两种看法：一是《战国策》为蒯通个人作品；二是《战国策》是包括蒯通在内的多人所著，后由刘向整理成书。清朝人牟庭所著的《战国策考》与解放初期学者罗根泽所著的《战国策作于蒯通考》都认为是蒯通个人所著。蒯通生于秦汉之交，彼时天下大乱，大量古籍先毁于秦王朝的焚书坑儒，后又有项羽的一把咸阳大火，许多历史的细节都在战火中模糊了。

战乱年代，尤其是三国时期，谋士们又重新登上舞台呼风唤雨。诸葛亮尚在草庐便胸有三分天下，《全相平话三国志》将诸葛亮写作蒯通的转世投胎，也算对蒯通智谋的高度敬佩与认可。

经过长期的学习积累，蒯通有足够的信心可以搅动历史风云，看看他是如何巧妙地说服武臣退兵的。

他先去游说范阳县令徐公，说："我是范阳的百姓，名叫蒯通，我可怜您就要死了，所以特意来哀悼您。尽管如此，我也祝贺您因得到我蒯通而获得一线生机。"

徐公连连拜谢，问道："为什么要哀悼我呢？"

蒯通说："您做县令已十多年了，杀死别人的父亲、制造大批孤儿、砍去别人的手脚、刺破别人的脸……受害的人太多了。

老百姓们之所以不敢拿刀子捅您，是因为他们害怕秦朝的法律。现在天下大乱，秦朝的政令得不到贯彻执行，在这样的背景下那些被你迫害的老百姓们都将争先恐后地把刀刺到您的肚子上。如今，各路诸侯都背叛了秦朝政府，武信君的人马即将到来，您如果要死守范阳，年轻人会争先杀死您的。您应该马上派我去面见武信君，我可以说服他接纳你，这样你就可以转危为安了。"

范阳令表面上虽然装得若无其事，但内心的小鼓已经咚咚乱捶了。他频频点头，忙不迭地附和道："正合我意，正合我意。"赶紧准备车马派蒯通前往武臣阵营。

蒯通来到武臣的阵营。武臣坐在帐篷里吃饭，对他并不热情，只瞟了一下蒯通。他听说过蒯通的名声，淡淡地说："我已经将范阳团团围住，不日即可攻下城池，你是来投降的吗？"

蒯通从容不迫地走上前，直截了当地说："您只凭蛮力攻打城池，会损失严重，这并不是高明的做法。如果您能听从我的计策，就可以兵不血刃地拿下城池，只需一张告示就能平定千里，怎么样？"

武臣好奇地问道："你说的是什么意思？"

蒯通回答说："如今的范阳令我很了解，他胆小怕死、贪恋财富且爱慕虚荣。他本打算第一个来投降，又担心他会像其他城池的官员一样被您杀死。如今范阳城里的年轻人也想杀掉他，夺下城池来抵抗您的进攻。您为什么不直接给范阳令封个官呢？他

	这时间,我已经赢了。你是投降桌的?
你介(这)没(mò)用。	
	我介(这)有用。
听咱地!介(这)疙瘩给范阳令。可买30多城。	

肯定会非常开心地把城池献给您，再让他坐着豪华的车子，在燕国、赵国的边境炫耀。燕国、赵国的人看见了会怎么想？范阳令率先投降，得了荣华富贵，向您投降有什么不好呢？到那时您觉得燕、赵的城池还需要一座座的去攻坚吗？"

武臣听从了蒯通的计策，立刻给范阳令封了个官，用权钱收买他，让他在燕赵之地炫耀。如蒯通所料，燕国、赵国的守城官员们看到后都争先恐后地向武臣投降。武臣不费吹灰之力，拿下三十多座城池。

蒯通完成了自己人生中第一次华丽的演出。

朱买臣·让暴风雨来得更猛烈些吧

汉武帝时，还没有科举制度，但一个中年大叔却依然将全部的精力投入在读书上，几十年如一日。由于他没有稳定的收入来源，他到了四十岁还是个穷酸的读书人，只能靠砍柴补贴家用。

他经常一边挑柴，一边拿着竹简书，边走边看。路人纷纷笑话他是傻瓜——就一个穷砍柴的，什么都不会做，还装什么文化人？这样一传十，十传百，"砍柴书痴"的事情在当地传遍了，大家茶余饭后津津有味地谈论着。

他的老婆听了这些话，心里不是滋味，怎么就嫁给这样一个不踏实的呆子，穷一点没关系，总得勤快点吧！天天翻来覆去地看书，有什么用？能让田里长出稻子吗？能穿上好衣服吗？于是她苦劝丈夫，好好劳动，一起过好日子吧，别再丢人现眼了。

可大叔不听，旁人的嘲笑反而激发了他的斗志。他一边背着柴，一边旁若无人地大声读书，像是唱山歌一般。路人都围过来，像看猴子杂耍般对他指指点点，大叔成了村里人教育小孩的反面教材：瞧，以后不好好干活，就像那个傻子一样穷到老。

他的妻子终于忍不住了，跟着这样的男人太丢人，既然苦劝不听，那就离婚吧！大叔却信心满满地对妻子说："别看我现在落魄，到五十岁的时候肯定大富大贵，你都跟我吃了这么多年苦了，也不在乎再等几年嘛，何必现在急着离开呢？"

他老婆的牙齿咬得"咯咯"响，骂道："真是烂泥扶不上墙，我跟着你不求享福，就希望你踏踏实实的，别做白日梦。像你这样的人，最后只能饿死在山野里，还好意思说富贵？"无论怎么劝，妻子就是要离婚，大叔劝不住，只得一封休书递过去，他老婆头也不回，摔门而去，留下手握竹简、形容憔悴的大叔。

婚姻的失败并没有让他沉沦，大叔又一头扎进书海里充实自己。所谓不鸣则已，一鸣惊人，大叔的老乡严助在朝廷做官，知道他读书刻苦，将他推荐给了汉武帝。四十多岁的他向汉武帝展示了毕生所学，畅谈《春秋》，讲解《楚辞》，殿前奏对滔滔不绝，汉武帝大为赏识，人才啊！大叔被封为中大夫，后又成为会稽太守，终于有了施展抱负的平台。

是金子总会发光，但必须先要让自己成为金子。

汉武帝非常喜欢他，有意让他回乡"显摆"，对他说："荣华富贵以后不返回故乡，就好比穿着锦绣衣服在夜间行走一样。"穿漂亮的衣服，没人看见，怎么算漂亮呢？现在富贵了，不回家乡好好显摆显摆，哪儿有人知道呢？

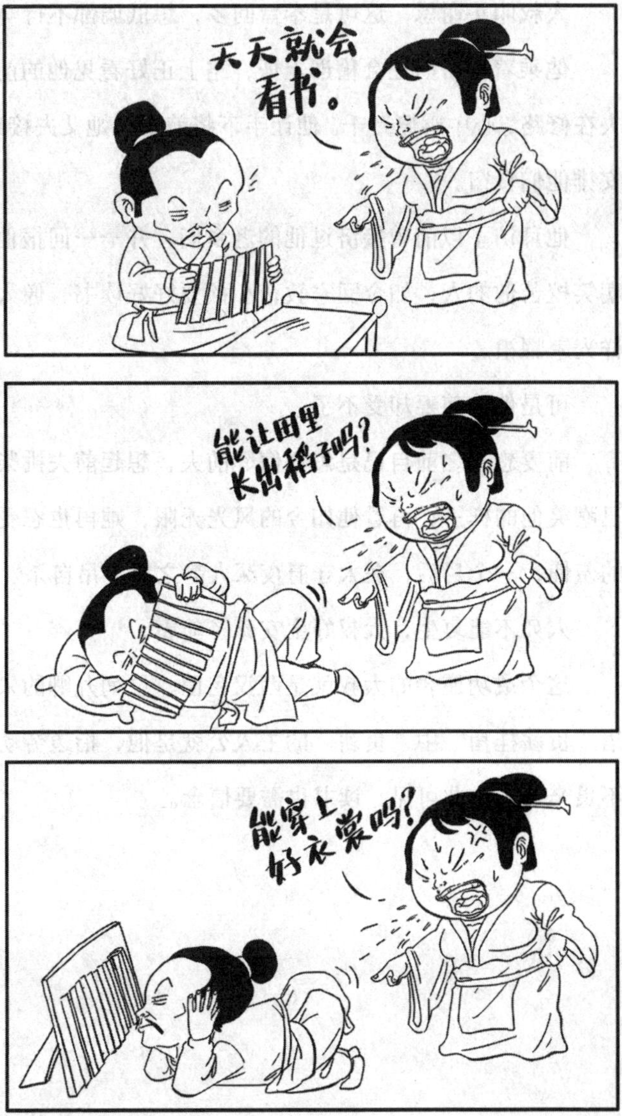
天天就会看书。
能让田里长出稻子吗？
能穿上好衣裳吗？

大叔叩头谢恩,这可是奉旨回乡,想低调都不行啊!

他乘着官轿前往会稽郡上任,路上正好看见他的前妻和她丈夫在修路,心中感慨万千。他让手下将前妻与她丈夫接到太守府,安排他们食宿。

他拜访了以前曾接济过他的老乡们,并一一回报他们。曾经嘲笑挖苦他的人,如今回家教育小孩要好好读书,像太守大人一样光宗耀祖。

可是他的前妻却受不了。

前妻想起之前自己是怎样侮辱前夫,想起前夫挑柴读书时自己嘲笑他的样子,再看他如今的风光无限,她再也忍受不了内心的羞愧,一个月后,在太守府夜深人静之时上吊自杀。

人死不能复生,大叔好生安葬了前妻。

这个成功逆袭的大叔就是西汉名臣、位列九卿的朱买臣,成语"负薪挂角"中"负薪"的主人公就是他,指边劳动边读书,不畏辛苦。由此可见,读书也需要信念。

公孙弘·养猪大叔的奋斗史

他出生在西汉时期菑川国薛县（今山东省滕州市），年轻的时候在家乡做过一段时间狱吏，后来因为不小心触犯法律，下岗了。没文化、没地位、没积蓄的他为了填饱肚子只能帮人家养猪，天天挑猪粪、刷猪毛，全身上下臭烘烘、脏兮兮的。他就这么浑浑噩噩过了好多年，一晃他已经四十岁。

养猪大叔听说有人因为认真读书而被地方政府推荐到朝廷做官，突然灵光一闪，放养猪的时候，我有大把的空余时间，为何不读点书呢？难道一辈子就只能在这听猪"哼哼"吗？

于是，四十岁的他开始阅读，但岁月不饶人啊，年纪大总是记不住东西，于是他就集中精力专攻一本书——《公羊传》。

《公羊传》是什么书呢？春秋时期，鲁国史官们记录了很多鲁国的历史事件与故事，后来出生于鲁国的孔子按照年代对这些文献重新进行了编排修订，取名为《春秋》。《春秋》成了儒家的经典课本。因为《春秋》的文字过于简单，加上里面的故事年

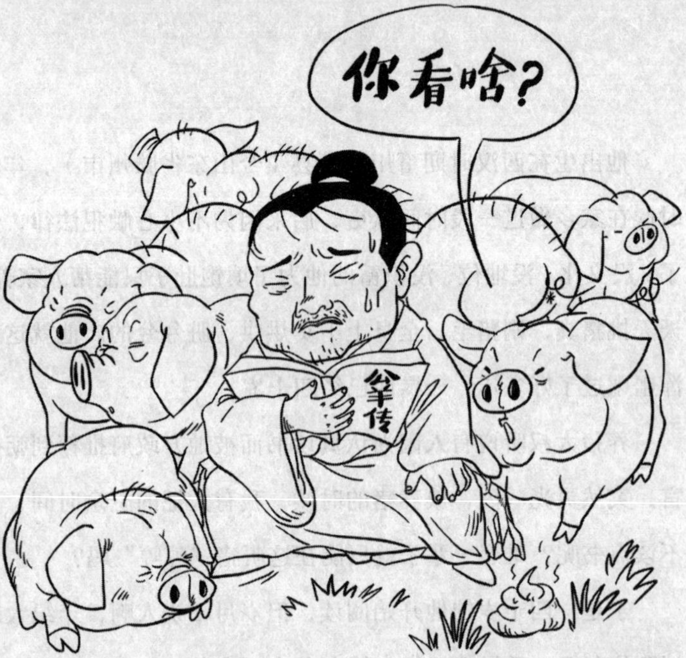
你看啥?
公羊传

代久远，不太容易理解，于是又出现了很多与教材配套的"辅导书"，对《春秋》的内容进行解释、说明和补充，其中有三位"特级教师"的辅导书最出名：左丘明的《春秋左氏传》、公羊高的《春秋公羊传》和谷梁赤的《春秋谷梁传》，合称"春秋三传"。

养猪大叔攻读的就是《春秋公羊传》，虽然他年纪大、记忆差，但是集中精力攻占一座山头，坚持十几年总会有收获。大叔一边替人养猪，一边刻苦学习。后来研究《公羊传》的大师——胡毋生从朝廷辞官回到家乡齐地（今山东省临淄市），闲来无事，办起私立学校教书，养猪大叔多次前往胡毋生的住处拜访请教。

就这样坚持了将近二十年，养猪大叔变成了有学问的养猪老头。汉武帝继位后，下发通告要求地方政府官员向朝廷推荐品学兼优的人才。那时候，精通儒家典籍的人不多，当地政府找来找去，发现那个养猪的老头挺合适。他虽然贫穷落魄，但是既孝顺又有文化——长期照顾继母，并且坚持读书二十年。有人会问，地方政府为何不推荐家人或者关系户呢？那个时候还真不行，除非你的家人或关系户的确有本事。因为皇帝要面试，如果不过关，推荐人是要倒霉的；过关了，推荐人有奖赏。在雄才大略的汉武帝面前，没点儿真才实学是不行的。

于是六十岁的他被菑川国推荐到朝廷做了博士，从此步入仕途，一路升迁，最终成了一人之下万人之上的丞相。

做了丞相后，他特别重视读书人，在自己的丞相府邸东边开了一个小门，安排专门的房间接待贤士，与他们共同商议国家大事，用自己的俸禄接济那些有本事的读书人。成语"东阁待贤"说的就是他。

　　此人就是西汉名臣公孙弘，他用亲身经历告诉人们：读书这件事，任何时候开始都不晚。

苏洵·北宋"废柴"的励志人生

在北宋眉州眉山（今四川省眉山市）有一位中年大叔，在辅导两个儿子读书的时候，发觉小朋友们的水平越来越高，自己有点跟不上节奏了，这样下去不行啊！太丢人了！于是他决定从此刻起刻苦读书。最终父子三人在北宋文坛上留下了浓墨重彩的一笔。

他就是苏洵，大文豪苏轼与苏辙的父亲。年少时的苏洵并不喜欢读书，由于家境还算不错，他加入了"啃老大军"，学李白"仰天大笑出门去"，满世界的游山玩水。后来玩腻了、玩累了，看到两个哥哥认真读书，心想，我也读点书吧！读着读着，觉得"之乎者也"好生无趣，又放弃了。父亲苏序对这个游手好闲的儿子倒是放纵，任由他随性而为，毕竟他有三个儿子：苏澹、苏涣、苏洵。苏序早年逼着大儿子、二儿子读书考功名，对小儿子的管教并不严厉。

转眼间，苏洵到了结婚的年纪，他出人意料地娶了程家小姐。

程家既是书香门第又是富贵人家，程家小姐知书达理，貌美如花，不知多少富家帅哥、官家子弟都被拒之门外，为何偏偏嫁给了那个"废柴"？

程家小姐出嫁时还带来了十车嫁妆和一个祖传玉佩，不仅人来了，钱也到了，这下苏洵该收收心了吧？

可他依然我行我素，整日游手好闲。作为书香世家的子弟，浪荡的苏洵绝对像恐龙一样稀有。程家人也对他指指点点，只有妻子并未埋怨他。

痛苦能让一个人真正成长。苏洵的妻子生了女儿，未满一岁就夭亡了；接着操劳一生的母亲又病故。接二连三的打击让苏洵感觉人生无常，得做点什么。于是他开始认真读书，读着读着，竟自我感觉良好，信心满满地参加了乡试——举人的考试。乡试是宋朝科举制度中最低一级的考试，考试结果给了苏洵强烈的冲击——落榜了。

老婆程氏在此期间又生下了一儿一女。

怎么会这样？以后怎么教儿子？怎么起模范带头作用？痛定思痛，他找出以前写的文章细读，越读越觉得失败，这写的是什么？"吾今之学，乃犹未之学也！"于是他一把火把之前写的文章烧了个干净，决心从头来过。

这时的苏洵已经步入中年了，妻子又生下了日后引领北宋文坛的苏轼。

四年后,苏洵到京城参加会试,还是落榜了。

没关系,看来是自己学问不精。他再接再厉又去参加考试,黄榜送他四个字——"谢谢参与"。

噩耗接踵而来,他八岁的大儿子苏景先也不幸夭亡。

不久后,他的妻子又生下一个儿子,取名叫苏辙。苏洵经历了这些打击,已经没有什么宏愿了,只希望两个儿子健康快乐地过一生。

苏洵没有放弃读书。虽然他做不了官,但能在家一边读书,一边做个好爸爸,他亲自教苏轼、苏辙读书。此后,他的大哥、妹妹、二女儿、小女儿都相继去世。世事无常让他不再执着以读书博取功名,他要为活着的人读书,为追求真理而读书。他读起书来反而更加刻苦了,他要对得起这么多年来一直默默支持他的妻子。

妻子程氏为了解决丈夫的后顾之忧,充分发挥经商才能,她变卖嫁妆换做本金,经营起了布庄生意,几年时间就把苏家打造成小康之家。她不仅赚钱养家,在丈夫外出游学的时候,还担起了教育子女的重任,她总是用东汉正直廉洁的范滂为榜样来教育孩子,让他们做一个正直的人。有一次,苏家人搬进新宅子,发现前主人在地下埋了一坛金银,这可是天上掉馅饼啊!

程氏却坚决不要,她教育子女说"君子爱财,取之有道"。她就这样言传身教。

莫道登科易,
老夫如登天。
莫道登科难,
小儿如拾芥。

不好!落榜了!

凡……凡卿寨!

一晃眼，苏洵四十多岁了，也未做过一官半职，他将主要精力用于读书与教育两个儿子上。好在苏轼、苏辙特别争气。

嘉祐元年（公元1056年）春，苏洵带着二十一岁的苏轼和十九岁的苏辙，从老家沿江东下进京赶考，于嘉祐二年（公元1057年）到达京城。父子三人边走边玩，像是出游一般。

到了京城后，苏洵在好友的推荐下，拿着平时写的几篇文章拜见当时的翰林学士欧阳修。

《衡论》《权书》等文章带给欧阳修极大的震撼，他不住地感慨高手在民间，简直是刘向、贾谊转世！这些文章语言锋利，纵横恣肆，如滔滔黄河奔涌向前。

在欧阳修的推荐下，文人们争相阅读苏洵的文章，那个曾经的"废柴"终于苦尽甘来，收获了世人的认可。

让苏洵更意想不到的是，两个儿子在这次考试中同时考中了进士！

更令人惊喜的还在后面。

在这次科举考试的阅卷过程中，考官欧阳修看到一份才华横溢、见解独到的文章，让他拍案叫绝，很想将这篇文章列为第一名，但他猜测，这可能是自己的学生曾巩写的。宋朝的科举与唐朝的科举不同，采用了糊名与誊录的制度，为的是让阅卷人无法判断考生的身份。欧阳修犹豫了，为了避嫌，他把这篇文章列为第二名。

等到发榜的时候,欧阳修才知道那篇精彩绝伦的文章不是曾巩写的,而是一个叫苏轼的年轻人写的,这让他心里有些过意不去。

不过能取得第二名也很难得,兴奋的苏轼给主考官欧阳修写了一份感谢信,并附上自己平日写的一些文章,请欧阳修指点。

苏轼送来的文章写得惊心动魄。他的见解独到,文风豪迈。那快要溢出来的才华,深深迷住了欧阳修。

他兴奋地写信给当时声望很高的梅尧臣,盛赞苏轼,并说道:"老夫当避路,放他出一头地也。"意思是江山代有才人出,我的时代过去了,该给苏轼扬名的机会。从此,他大力提携苏轼。成语"出人头地"便出于此。

当时的文人听到这件事都有些不以为然,都在猜欧阳修是不是收了苏家的好处。之前他夸苏洵,现在又夸苏轼。苏洵嘛,读了那么多年书,是有才华的。苏轼?一个毛头小子而已。但苏轼的文章是不会骗人的,等他的文章流传更广后,文人们才觉得欧阳修并未夸大,属于苏轼的时代来临了。

据说,两个儿子考中进士时,苏洵想起自己曾几度落榜,感慨万千,写下一首诗:"莫道登科易,老夫如登天。莫道登科难,小儿如拾芥。"苏洵自嘲的语气中带着满满的自豪感,堪称北宋的"凡尔赛文学"。

苏氏父子三人由此进入文坛,当时京城最流行的一句话是"苏文生,吃菜根;苏文熟,吃羊肉"。熟读"三苏"的文章,就能考中进士,有肉吃,否则只有吃菜根的份。

正当苏氏父子春风得意的时候,家乡传来了噩耗,他们背后的女人——苏洵的妻子程氏病逝家中。她没能看到丈夫与两个儿子的高光时刻。这成了"三苏"心底永远的痛。司马光为程氏撰写了墓志铭,给予她极高的评价:"勉夫教子,不愧为古代一贤母。"

苏洵听闻噩耗后痛哭不已。"夫人啊,那个曾经没有出息的我,现在成功了,可你怎么走了呢?"

他携两个儿子日夜兼程赶回老家,送亡妻最后一程。

后来苏洵经韩琦推荐,被任命为秘书省校书郎,后来陆续担任过一些小官职,他依旧刻苦读书。他编写了《太常因革礼》,原本想把自己读《易经》的体会也写成书,不幸愿望还未完成,他就病逝了。

苏洵中年奋起,与儿子们一起引领了北宋文坛的潮流,位列"唐宋八大家"之一。

第三章

老当益壮,仍能发光发亮

百里奚·一箭五雕的划算买卖

　　春秋时期，虞国有个叫百里奚的小孩，他从小就喜欢读书，没钱买书就到处去借，背完书再还回去。因为穷得叮当响，他三十多岁才娶上老婆。虽然他才学过人，可在那个没有科举考试的年代，出身贫寒的人很难做官。

　　他的妻子杜氏挺有远见，鼓励丈夫周游列国，找寻机会。

　　在百里奚启程的那天，为了让他吃一顿饱饭，妻子狠心杀了家中唯一的老母鸡，给丈夫饯行。她嘱咐丈夫："你去吧，家里有我，放心！"

　　丈夫看了看已经有几根白头发的妻子，带着不舍与壮志上路了，这么好的妻子，我一定要让她尽快过上幸福生活。

　　可接下来的现实却给他的豪情壮志浇了一盆冷水。

　　他先后游历了齐国和周朝都城洛阳，不断地向王公贵族自我推荐，却没人理他，人家都忙着吃喝玩乐，谁有工夫听你讲治国大道？碰了一鼻子灰的他继续流浪远方。

没收入，没靠山，没工作，怎么办？他加入"丐帮"做了乞丐。到宋国的时候，他身无分文，只能沿街乞讨。

就这样，他从一个惆怅的中年大叔变成了沧桑的穷老头。

但是腹有诗书气自华，像他这样的人，无论在什么地方，只要有机会，就能发出光芒。他锐利的眼神、浓密的胡茬、优雅的谈吐、褴褛的衣衫，还真的吸引来一个人——蹇叔。

蹇叔问老头："你叫什么名字啊？哪国人啊？看样子也是学识渊博的人，怎么流落此地呢？"

"我叫百里奚，来自虞国，唉，一言难尽啊！"

两位白发苍苍的老头握住了手，他们越聊越投机，聊得忘记了时间，直到黄昏。蹇叔说："老弟，我看你别在街头流浪了，到我家去吧！"

饿得面黄肌瘦的百里奚激动不已。

就这样，百里奚跟随蹇叔来到了一处世外桃源，这里溪水环绕，鸟语花香，虽然简朴但幽静雅致，这里是蹇叔的家。经过一段时间相处，两个人成了非常好的朋友，蹇叔也是"学霸"，每天忙完农活就读书学习，时刻关注天下大势。

平时，百里奚跟着蹇叔一起下田耕犁、刨翻、播种、除草、收获，农闲时候就和邻居们一道观泉、登山、捕鹿、捉鱼、侃大山。蹇叔总是那么从容淡定，百里奚的心里却不安宁，这样下去不行啊！老婆孩子还等着我扬名立万、吃饱穿暖呢！

他听说齐国公子无知杀了齐襄公,自立为君,正招纳天下人才,于是他想去投奔无知,可是冷静睿智的蹇叔却说:"襄公之子出亡在外,无知名位不正,终必无成。"百里奚向来尊敬、信任这位朋友,便打消了去齐国的念头。后来事情正如蹇叔所料,齐君无知残暴不仁,被大夫雍廪杀害,齐桓公继位。

既然别的国家去不了,那就回虞国谋个差事。蹇叔想起老朋友宫之奇正在虞国做官,于是陪着百里奚一起来到了虞国。在宫之奇的引荐下,他们见到了虞国大王。

始终冷眼旁观的蹇叔走出王宫后,对百里奚说:"我看虞公爱贪小便宜,也不是有为之主。"

可是,百里奚等不及了,他还要养家,总不能老是在蹇叔家蹭吃蹭喝吧?于是他就自作主张地留了下来,终于在虞国做了个官。

虞国国君果然如蹇叔所说,爱财如命。他收了晋国给的钱后,答应借道给晋国去征讨邻国虢国,虢国一直是虞国的盟友。虞国这么做既得罪了盟友,也有可能成为被晋国侵略的对象。百里奚苦苦劝说,虞国国君仍一意孤行。晋国灭虢国后,果然顺手灭了虞国,百里奚莫名其妙地成了俘虏。

他仰天长叹,蹇叔真是盖世奇人啊!

上天还是垂青奋斗不止的人。恰好这个时候,秦穆公派人到晋国迎娶晋献公的大女儿。百里奚戏剧性地成了公主的陪嫁,他在秦国的迎亲队伍回国的路上逃走了。

他逃到了楚国的边境线上，被楚兵当作奸细抓起来。百里奚撒谎说："我是给虞国有钱人家看牛的，国家灭亡了，只好出来逃难。"楚兵见这个六七十岁的老头子一副老实相，就让他留下来看牛。

如果不是一个从晋国投奔到秦国的叫公孙支的武士，百里奚可能一辈子就"与牛共舞"了。

公孙支在秦穆公面前赞扬百里奚的才能，秦穆公眼睛亮了，他一向爱才，这么好的人才不为我所用为谁用？于是他们费尽心思打听百里奚的下落，终于找到了他，就备了一份厚礼，想派人请楚王把人送到秦国来。

公孙支说："这可万万不行，楚国让百里奚养牛，是因为不知道他的贤能。如果您用这么贵重的礼物去换他回来，不就等于告诉楚王百里奚是个难得的人才吗？那楚王还肯放他走吗？"

秦穆公觉得有道理，问道："那你觉得应该怎么办呢？"公孙支答道："先不要声张，就按照买卖奴隶的价格，用五张羊皮把他买回来。"

于是秦穆公派一位使者去见楚王，说："秦国有个奴隶叫百里奚，他犯了法躲到楚国来，请让我们把他赎回去治罪。"说完就献上五张上等羊皮。

楚王没有多心，百里奚就这样戏剧性地回到了秦国。

秦穆公迫不及待地召见他，可见这老头走路都费劲，心里直打鼓，他还能帮我治理天下吗？秦穆公有点失望地说："可惜啊，年纪太大了。"

百里奚觉得不拿出点真本事不行了，说："如果大王让我追逐天上的飞鸟，或者去捕捉猛兽，我确实太老了。但如果和您一起商讨国家大事，我还不算老呢！"

秦穆公肃然起敬，道："哦？说来听听。"

两个人很快谈起了治国方针、军事谋略。秦穆公对百里奚刮目相看，这个老头不简单啊！立刻封百里奚为上卿，协助他处理国家大事。

百里奚很快又推荐了自己远在深山的好朋友——蹇叔，他说："蹇叔见识高远，胜我十倍，乃当世之贤才。请大王重用蹇叔，我来当他的下属。"

秦穆闻言立刻派人去请蹇叔。

又是一个连走路都费劲的老头，可谈论天下大事的时候，老头精神抖擞，思路清晰。

于是秦穆公封百里奚为左庶长，蹇叔为右庶长，人称"二相"。由于百里奚是用五张公羊皮赎回来的，大家称他为"五羖（gǔ）大夫"。蹇叔的儿子西乞术、白乙丙，百里奚的儿子孟明视没多久也来投奔秦国，他们都被秦穆公拜为将军。有人会问，为什么三个儿子都不随父姓呢？孟明视姓百里，名视，字孟明。孟明视，是字和名连在一起称呼的,并不是姓孟,也可以叫百里视,白乙丙、西乞术也是同理。

秦穆公用五张羊皮换来了五位人才,狠狠地赚了一笔。

百里奚积累了一辈子的才华在秦国爆发性地释放,他对内提倡文化教育,让老百姓懂得礼义廉耻;对外搞好国际关系,不轻易掺和别国的战争。他呕心沥血干了七年,秦国逐渐强大。他去世的时候,秦穆公非常伤心。

奋斗了一辈子,百里奚终于在人生的最后时刻实现了理想。后世有才子王勃曾写"老当益壮,宁移白首之心",这句话用来形容百里奚,可谓恰如其分了。

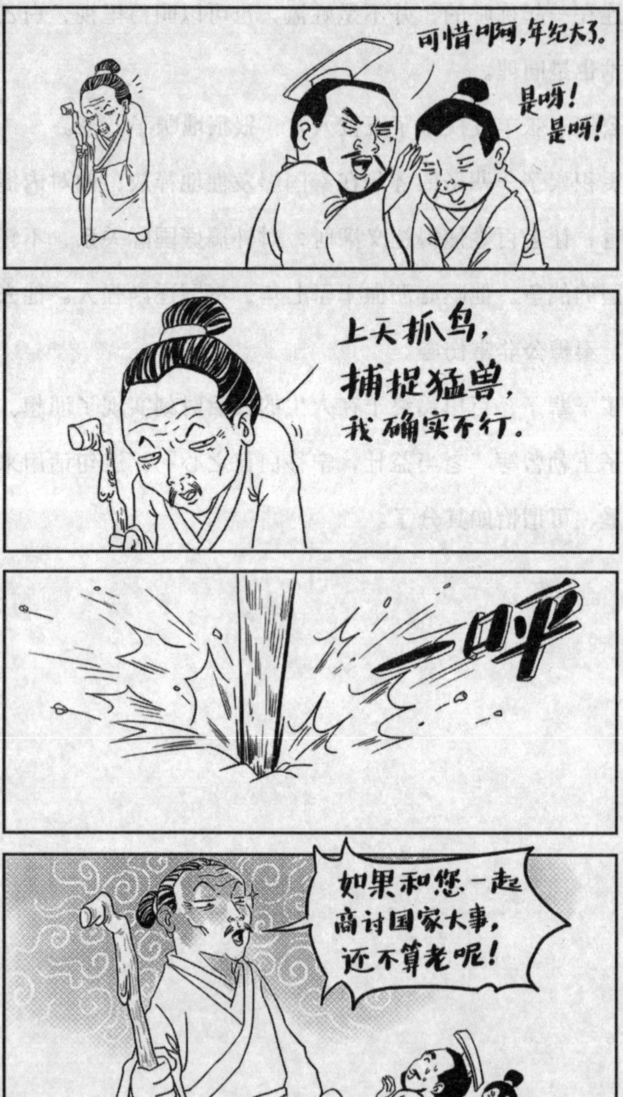
可惜啊，年纪大了。
是呀！是呀！
上天抓鸟，捕捉猛兽，我确实不行。
呼
如果和您一起商讨国家大事，还不算老呢！

烛之武·弼马温的闪耀时刻

春秋时期,一位七十岁的老人望着天空长叹,我一生都在学习知识,才华满满却无处施展,而今已年逾古稀,真要这样默默无闻地死去吗?我现在不过是一个圉正(养马的官职)。尽管朝中有人知道我的才华,可又有什么用呢?他已经不止一次地推荐我了,结果连累他也被人嘲笑。

秦国、晋国两大霸主企图联合将小小的郑国灭掉,朋友推荐了这个养马的老头去劝秦王退兵。几乎所有人都哈哈大笑:"你太狡猾了,怕自己有危险不肯亲自去说服秦王,将一个快死的老头子推出去做替死鬼?"从此老头的朋友被人称作"一只狐"。

老头的朋友摇了摇头,你们这些俗人哪里知道那个老头的本事?

夜空下的宫殿里,郑文公也在仰天长叹:"怎么办啊?唉,真不该得罪重耳(晋文公)那小子,当年他逃到我这里,不该怠慢侮辱他啊!我哪能料到当年乞丐一般的他会成为霸主呢?虽然派了几个人去向他示好,可那小子根本不理会。看来郑国的国祚到此为止了。"

这个时候老头的朋友来了,他对一筹莫展的郑文公说:"现在郑国已经处于悬崖边缘,一不小心就会掉入深渊,如果派我的朋友去见秦王,一定能说服他们撤军。"

"他?"郑文公一听,好像有点印象,"你说的是那个养马的老头?"

"对,就是他。"

"好吧,你让他过来!"郑文公决定死马当活马医,反正派去的使者都没起作用,不如让老头也去试试。

老头来了,郑文公看着他佝偻的身材、雪白的头发、颤颤巍巍的脚步,心中很不屑,不过他还是露出微笑,说:"麻烦老人家了。"

老头也有点不高兴,你那皮笑肉不笑的样子,以为我看不出来吗?这时候才想到我,早干吗去了?于是他故意说:"我年轻的时候,尚且不如别人,现在老了,更没能力为国家分忧啦。"

郑文公气不打一处来,这老头,要不是国家危亡之际,我才懒得搭理你。但是秦晋联盟太强大了,郑文公咬咬牙,赔笑道:"早些年没能重用您,是我的不对,但是郑国灭亡了,对您也不利啊!"

郑国也是老头的故乡,怎能眼睁睁地看着它灭亡呢?老头答应了。

当时晋军驻扎在函陵,秦军驻扎在氾南,郑国已经被他们围住。

在一个伸手不见五指的黑夜,老头命人用绳子把他从郑国城墙上放下去,悄悄地去见秦穆公。秦穆公见这个老头不顾生命危险,颤颤巍巍地跑来,勇气可嘉啊!即使不听他说话,也得请他喝杯茶吧!于是他客气地接待了老头。老头说:"秦、晋两国围攻郑国,郑国已经知道要灭亡了。如果灭掉郑国对您有好处的话,我也不敢来面见您。但是您想,打下郑国对您有好处吗?秦国与郑国之间还隔了一个晋国,即使打下郑国,郑国能成为秦国的疆域吗?到时郑国的领土肯定会被晋国吞了去。您又何必要灭掉郑国而增加晋国的实力呢?晋国的国力增强了,下一个目标会是谁呢?"

老头站在秦国的角度来分析利益得失,丝毫不提郑国。这就是游说高手,他精准地抓到了秦穆公的痛点。

见秦穆公陷入沉思,老头趁热打铁,说:"假如您放弃攻打郑国,而让郑国成为秦国的朋友,以后秦国使者往来郑国或其他国家要借道郑国必畅行无阻,这对秦国来说有什么坏处吗?

"况且,您曾经对晋文公多好啊,他也答应把焦、瑕两座城池割让给您。然而他做到了吗?他早上渡河回到晋国,晚上就加固城池防御秦国,您难道忘了吗?晋国贪得无厌,满足得了吗?

如今郑国的土地已是晋国的囊中之物，之后晋国再想扩张领土，不会打秦国的主意吗？攻打郑国使秦国受损而使晋国受益，请您好好考虑。"

秦穆公听得冷汗直流。这个老头说得对，当年我助重耳夺得皇位，他的确答应给我土地的，可至今都没有兑现。亲兄弟、父子都能相互残杀，何况是两个联盟的国家？

秦穆公决定马上与郑国签订盟约，还留下杞子、逢孙、杨孙三位将领帮郑国守卫。

眼见秦国背信弃义，晋国大将子犯请求晋文公下令攻打秦郑联军，晋文公说："不行！假如没有穆公的支持，我就不会有今天，受了别人恩惠又去攻击他，是不讲道德仁义；为了这次的事情而失掉秦国这个盟友，是不懂谋略。在这种形势下去攻打郑国，是逞匹夫之勇。我们还是回去吧！"

走吧！走吧！人总要学着自己长大。

聪明的晋文公也撤军了，一场灭国危机就这样被化解。看似三言两语，实则是老头长期学习积累的大爆发，老头也为之后的纵横家们树立了榜样。

老头的名字叫烛之武，竭力推荐他的朋友叫佚之狐。

烛之武一生都在积聚能量，终于在一场危机中展露才华，青史留名。机会都是留给有准备的人的，这句话至今依然不过时。

晋国的国力增强了,下一个目标会是谁呢?

伏生·要想活得久,常在书中走

他生于秦朝,死于汉朝,用一百岁的高龄向世人宣告了一个道理:"要想活得久,常在书中走。"

他从小就特别喜欢读书,经过广泛的阅读后,他决定深入研究《尚书》这本书。他的名字叫伏生。

在唐朝人段成式的《酉阳杂俎》里记载了一个很有意思的小故事,当年伏生为了钻研《尚书》,把自己关在一个小房间里,腰上缠了一根绳子。他每学完一遍《尚书》,就在绳子上打个结,直观地提醒自己已经读了几遍。时间一天天过去,绳子上打满了数不清的绳结。没有这样的自律,就没有"学霸"的诞生,伏生成了秦朝末年精通《尚书》的第一人。

《尚书》是什么呢?

《尚书》指"上古之书",相传孔子晚年把古老的史料汇编到一起,再挑出其中最精华的部分,编成了一本儒家学生的教科书。《尚书》按照朝代细致地划分为《虞书》《夏书》《商书》

《周书》，是儒家学派的重要典籍。因为这本书汇集的是上古时期的资料，读起来比较难，谁能把这本书吃透，谁就能成为文人们顶礼膜拜的专家。

伏生就是其中的顶级专家，所以在秦朝的时候，他成了秦始皇身边的七十个博士之一。《史记·秦始皇本纪》记载："始皇置酒咸阳宫，博士七十人前为寿。"秦始皇选拔了七十多位博士，他们每人都精通一门或多门学问。

伏生就是因为精通《尚书》，成了中央政府的政治顾问。后来秦始皇发动了震惊天下的焚书坑儒，烧掉了大量珍贵的古籍。为了让书躲避被焚烧的命运，很多读书人冒死把书藏起来，有的藏在山里，有的埋在地下，有的藏在墙壁里。

伏生早看透了秦朝的执政理念，与儒家思想实在是相去甚远。道不同不相为谋，伏生早早地递交了辞职信，逃离了官场，回了老家。

焚书令一下，他就在墙壁上掏了几个洞，把最心爱的《尚书》藏到里面。后来陈胜、吴广举起灭秦大旗，战火四起，百姓东奔西跑，伏生也流落他乡。秦始皇死了，秦二世完了，他还活得好好的。

等到汉朝统一天下，他回到老家，赶紧去看藏在墙壁里的《尚书》。但因为时间太长，竹简烂的烂，坏的坏。

到汉文帝刘恒时，朝廷越来越重视儒家学说。但《尚书》经

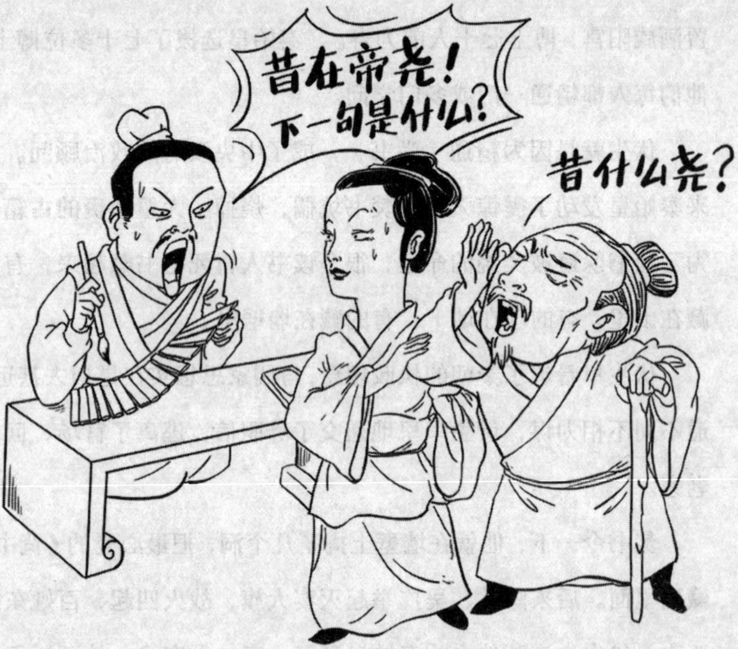
昔在帝尧！
下一句是什么？
昔什么尧？

历了焚书坑儒之后，搜集到的多是残章。汉文帝到处寻求能记录并解读《尚书》的人，问这个，不懂！问那个，也不懂！

谁懂？

有个老头懂！

汉文帝立即派人征召伏生。

伏生不干了，我都九十多岁了，坐马车一路颠簸，骨头还不散架啊？

于是汉文帝派太常里最聪明的官员晁错到伏生的家里接受"辅导"，皇帝千叮咛万嘱咐，一定要把《尚书》记录下来并精通。

晁错来到伏生家，傻眼了。这老头两眼昏花，走不了路，说话不仅声音小，还带方言，微臣听不懂啊！

伏生有个女儿叫羲娥，只有她能听懂父亲说话。于是伏生说，女儿传，晁错写，三人分工合作，抢救了《尚书》中二十八篇濒临失传的文章。所以大家都说："汉无伏生，则《尚书》不传；有《尚书》而无伏生，人亦不能晓其义。"

到了汉武帝时期，《尚书》在"独尊儒术"的社会背景下成为热门学科，欧阳生、夏侯胜、夏侯建三个人又成了当时的顶级专家，创立了"欧阳氏学""大夏侯氏学""小夏侯氏学"三大《尚书》研究学派。他们纷纷招生开课，为中华文明积累了宝贵的文化宝藏。而这一切，都归功于那个打着绳结读《尚书》的"学霸"伏生，读书人把他跟董仲舒合称"董伏"。

孙思邈·这个老头活成了精

唐太宗李世民望着眼前的这位老人，羡慕嫉妒恨哪！这个老头真的七十多岁了吗？容貌气色跟少年一般，朕要是有他的体魄该多好！

前几天，长孙皇后怀孕已十多个月，但不能分娩，太医们都束手无策。焦急的李世民从一个大臣的口中得知了神医孙思邈的名字，于是立刻派人请孙思邈进宫。老人诊断病情后，只施了一针，皇后就顺利地产下了婴儿。

李世民大喜："老神仙，别走了，朕让你执掌太医院。"

老人毫不犹豫地拒绝了皇帝的邀请，唐太宗想封他做官，他又拒绝；赏他爵位，他还拒绝。这老头到底想要什么呢？只要他想要的，朕都给！

"只求陛下放老朽回乡，研究医术。"老人的回答让众人不解。

唐太宗也不强人所难，人各有志，依依不舍地放老人回去了。

时光荏苒,长孙皇后去世了,唐太宗也去世了,可孙思邈还活着。唐高宗找他看病,觉得效果不错,就想把他留在都城长安。老头还是不干,不过这次他推荐了一位徒弟进了太医院。唐高宗又是赐良马又是送宅子,把已故公主的宅院都赏赐给了老人。

官员、文人、王公贵族们都把他当作神仙来对待,想要与他结交。

在寿命普遍比较短的古代,一百多岁的人的确可以当神仙了。永淳元年(公元682年),这位据说已经一百四十二岁的老人驾鹤西去。

"药王"孙思邈生于动荡不安的南北朝时期的西魏。

虽然他很长寿,但小时候的他可是个"药罐子",经常生病。因为常年看病吃药,硬是让一个小康之家住上了简陋的茅草屋。孙思邈在书中回忆说:"幼遭风冷,屡造医门,汤药之资,罄尽家产。"

虽然小时候遭了不少罪,但他忍着病痛仍坚持学习,被时人称为"圣童"。他知识广博,精通老庄学说,熟悉佛家经典,当大家以为他将来会走上仕途的时候,十八岁的他毅然决然地选择了学医。

既然那些庸医治不好自己,那就自己救自己。他到处搜集民间验方、秘方,遍读古代医书、典籍,总结看病的经验及前代的医学理论。他亲自上山采药,深入研究药物的特性,明确提出两

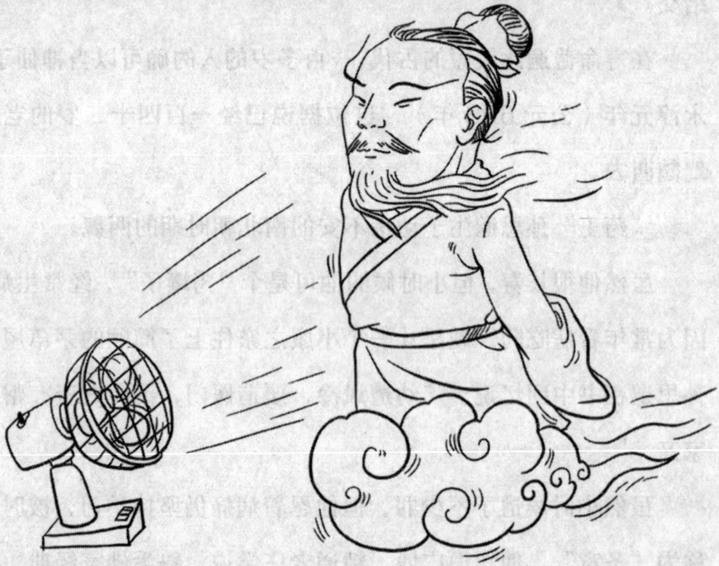

百多种中药材采集的最佳时节。

在大量的理论学习与看病救人的实践中,他对内、外、妇、儿、五官等科都很精通,成了全能型的医学大师,开创了中国历史上的多个第一:第一个麻风病专家,第一个倡导建立妇科、儿科的人,第一个使用动物肝治眼病的人,第一个治疗脚气病的人,第一个以砷剂治疗疟疾的人,第一个发明导尿术的人……

"学霸"的世界我们不懂,但"学霸"的成果我们能享有。

孙思邈之所以成为"药王",不仅是因为他高超的医术,还在于他高贵的医德。

他看病从来不分高贵低贱、贫富老幼,亲疏远近,皆平等相待,更不会乘人之危索要财物。只要有人生病来请他,他都尽力出诊救治。

因为名气太大,北周朝廷曾经也召他出来做官,可孙思邈已经决定一辈子投身医学,坚决不接受朝廷的征召。到了杨坚建立隋朝后,为了不被朝廷频繁打扰,他干脆隐居太白山中,一心钻研医术。

他要静下心来,写出可以流芳百世的医学典籍。他一边给人治病,一边总结经验,终于写成了流芳百世的《千金要方》和《千金翼方》。

这是他一辈子看病积累的经验,是他长年累月刻苦钻研的成果。这两部书的问世,奠定了孙思邈的历史地位,他成了一代又一代人的"偶像"。

第四章

"学霸"通关三百六十行

甯戚·"流浪"歌手的养牛经

春秋时期有个年轻人,出身微贱,曾为人驾车喂牛。他一边放牛,一边识字读书,最终成了一个学识渊博且养牛技巧高超的人。

年轻人都有治国平天下的愿望与强烈的进取心,谁不想有所作为呢?

可在那个时代,没有科举又无人举荐,他只能主动让大人物看到自己。

他想去求见齐桓公,但是路途遥远,没有盘缠啊。年轻人在读书之余学到的放牛技巧派上了用场,他找到一个要去齐国都城贩牛的商人,说:"你带我到齐国,我帮你照看牛,如何?"商人见有专业的养牛人士随行,马上答应下来。商队历经数日,终于来到齐国都城,他们晚上就在城门外打地铺。正好这天齐桓公出城迎接别国使者,所有人都得回避。

机不可失,时不再来啊,但这个时候冲上去,十有八九被当作刺客射成马蜂窝。但是,唱个歌总是可以的吧?

年轻人拿起木棒,一边轻轻敲击牛角,一边高声唱歌:

南山灿、白石烂,中有鲤鱼长尺半。
生不逢尧与舜禅,短褐单衣才至骭。
从昏饭牛至夜半,长夜漫漫何时旦?

年轻人把怀才不遇的心境唱了出来。守卫们大声呵斥:"在王驾前嘶声厉吼,想不想活了!"

有点意思,歌词挺有创意,这流浪歌手蛮有才华!

这首歌成功引起了齐桓公的注意,他扶着随从的手走下车说:"奇怪啊!这唱歌的人绝非常人。"他命人将唱歌的年轻人请到后面的车子上,跟随大部队一同回朝。大家以为齐桓公是在外国使者面前不好发作,要将他带回去处置。

回到宫中,大臣们问:"该如何处置那个流浪歌手呢?"齐桓公说道:"赏赐给他官衣官帽,我明天见他。"

年轻人成功了,八字有了一撇,接下来就看他能否抓住机会了。

第二天,他如愿见到了齐桓公。

"你叫什么名字啊?昨晚唱的歌有什么含义吗?"齐桓公亲切地问道。

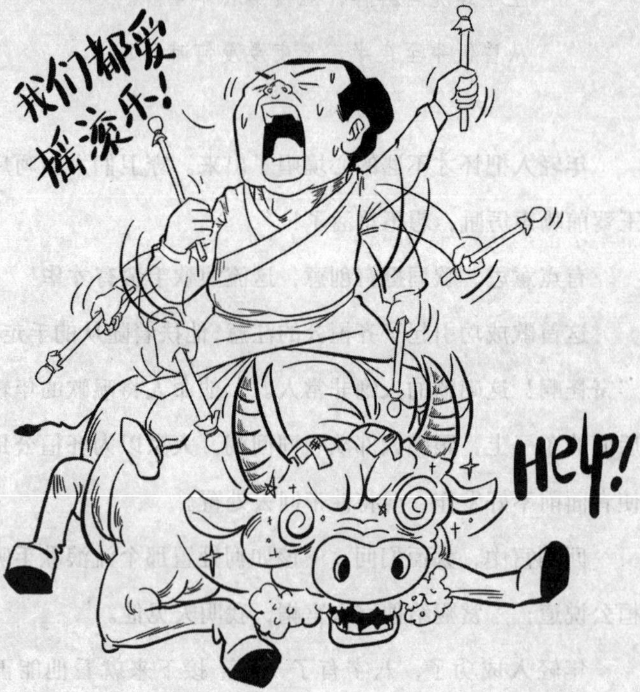
我们都爱摇滚乐！
Help!

"小人甯（níng）戚，想给大王说说我的想法！"

齐桓公答应了。

甯戚大谈治国理政，将攘外安内的方针全部告诉了齐桓公。齐桓公听完心中窃喜，明天接着谈！第二天，甯戚又在治国的基础上提出了统一天下的战略。齐桓公笑了，人才啊！他决定大胆启用甯戚。

大臣们不干了，一个养牛娃，唱了一首"非主流"的歌曲，就跟我们平起平坐了？大臣们纷纷劝说道："甯戚是卫国人，离齐国只有五百里路，还不算太远，不如我们先派人去打听打听他的真实情况，如果他确实是个贤能的人，再重用也不晚嘛！"

齐桓公不愧是齐桓公，他坚信自己看人的眼光，养牛娃怎么了？流浪歌手怎么了？有本事就行！他安慰群臣道："不可以这样做。存心去打听一个人的过往就容易听到一些他的小毛病，因为小毛病而否定他的才能和美德，这往往就是君主错失人才的原因。一个人是很难十全十美的，只用他的长处即可。"齐桓公不愧为一代雄主，他的用人方针为他聚集了一批有能力的官员。

甯戚也坐上了"升职加薪"的直通车。

工作一段时间后，齐相管仲也非常看好甯戚，建议齐桓公立甯戚为大司田（主管农业的官员）。甯戚当上大司田后，主持开垦农田，兴修水利，并兴渔盐之利，奖励垦荒，薄取租赋。他甚至亲赴齐国东部组织民众发展农耕，受到当地百姓的爱戴。齐国的农业有了飞跃式的发展，农业发达，财富增加。甯戚还将自己的养牛经验写成一本书——《相牛经》，后来传到百里奚手里，让一个穷困老头在秦国拜相。

甯戚工作兢兢业业、政绩突出，被齐桓公称为"齐国之栋梁，君臣之楷模"。治国功绩并未让甯戚迷失，他谢绝了齐桓公和管仲为他建造的豪华大宅，仍住在简陋的茅屋中。

能力出众还如此谦虚淡定，甯戚让领导很放心。齐桓公和管仲带兵四处征战的时候，总是把大后方交给甯戚。

有了甯戚、管仲、鲍叔牙这样的人才，齐国真正走上了富强之路，齐桓公得以成就霸业。

后人常用"甯戚叩牛"比喻有才之人沦落而做低贱之事。《吕氏春秋·离俗览》中记载："甯戚饭牛居车下，望桓公而悲，击牛角疾歌。桓公闻之，抚其仆之手曰：'异哉！之歌者非常人也！'"

程邈·秦朝监狱里自我救赎的"肖申克"

秦朝的云阳监狱,一个其貌不扬的犯人落寞地望着窗外的明月。难道我后半辈子就待在这个鬼地方了吗?怎么才能出去呢?越狱?根本不可能,抓回来就要被杀头。立功减刑?那要怎么立功呢?

这位犯人曾经也是一名狱吏,做"办公室文员"的工作,经常抄抄写写,练就了一手好书法。可惜他性情耿直,不会溜须拍马,得罪了领导,被关进了云阳监狱。像他这样的小人物,即使死在监狱,也没人去管,他只能自我救赎。

他每日望着阴冷的墙壁发呆,无事可做的境遇令人发狂。

"嘿,小篆字好看是好看,就是笔画太多,写得太慢了!"

"是的,这么多文书,写到什么时候才是头啊!"

一天,监狱里两个管理员的牢骚引起了这位犯人的注意,同道中人啊!坐牢前的他在抄写监狱文书时,也有过这种抓狂的感受。秦朝以小篆作为官方统一的书写文字，虽然实现了全国的文字统一，但小篆的笔画繁多，抄写速度提不上来，官员们一天到晚忙得焦头烂额，抄得手疼腰酸，还不能按时完成任务。那能不能搞一套笔画简单、书写快速的字体呢？

哎，有事干了，如果真的能创出新字体，那也算是戴罪立功吧？也许就不用蹲监狱了。

因为曾经也是监狱的工作人员，大家对他的想法还挺支持的，在狱吏们的帮助下，他把流传在民间的各种简化字体收集起来，与小篆放在一起仔细对比，一个字一个字地加以改进。把小篆里需要半圆形转折的笔画变成直角方形的笔画，在不改变原有字形的前提下尽量删繁就简，去粗取精。经过几年的摸索修改，他终于创造出容易书写、造型美观的三千个常用字的字体。

他委托监狱领导把这三千个字献给秦始皇。

那时没有纸张，只能用竹简，文件都是论斤称，一百二十斤为一石。秦始皇批文件不是一张一张地批，而是一石一石地批，光是翻文件就很费劲了，何况还得用笔画复杂的小篆在上面作出批示。

国家刚刚统一，百废待兴，各地的文件都是一车一车地拉来的，敬业的秦始皇每天都要批阅到深夜。《史记·秦始皇本纪》记载："天下之事，无大小皆决于上，上至以衡石量书，日夜有呈，不中呈不得休息。"

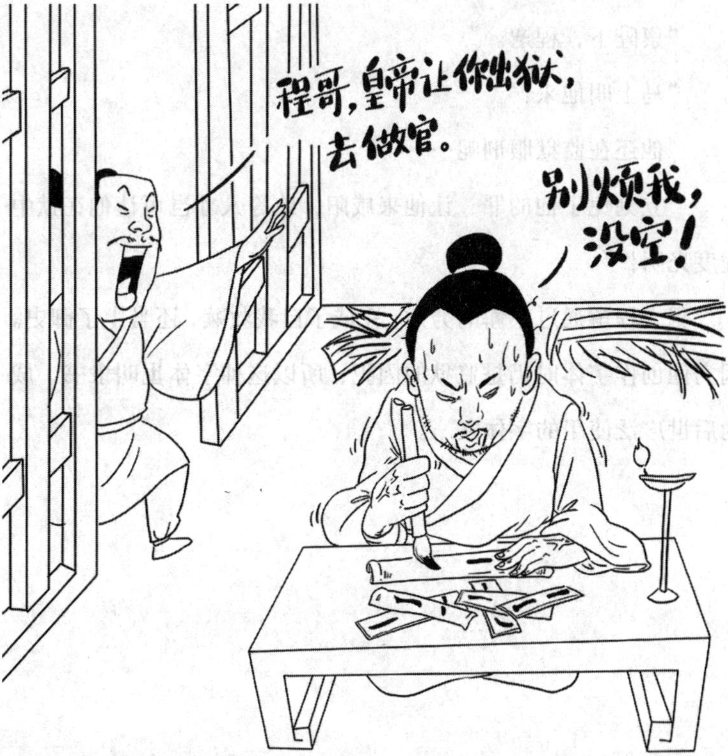
程哥，皇帝让你出狱，去做官。
别烦我，没空！

皇帝急需高效简便的书写方法！当看到有人呈上来的三千个简便字体，秦始皇突然感受到了雪中送炭的温暖。他仔细地看那些字，结构简单，笔画平直，美观而不失庄重。有意思，真有意思！

"谁创造的这种字体？"

"禀陛下，程邈。"

"马上叫他来！"

"他还在监狱服刑呢……"

"立刻免了他的罪，让他来咸阳，此等人才岂可让他在狱中虚度光阴！"

犯人程邈通过不懈的努力，完成了自我救赎，还当上了御史。因为他创作字体时仍是监狱的囚犯，所以这种字体也叫隶书，成为后世广泛使用的字体之一。

安期生·
高级"大忽悠"与低级"大骗子"的区别

西汉初年,流行黄老思想,而这种思想的发扬光大源自两个人。

河上公,也称河上丈人、河上真人,他是齐地琅琊一带的方士,也是黄老哲学的集大成者,方仙道的开山祖师。他为《老子》作注的《河上公章句》非常有名,遗憾的是,没人知道他的真名是什么。《神仙传》记载:"河上公者,莫知其姓名也。"

河上公为《道德经》作注,得到大家的认可与推崇,成为著名学者,前来向他学习的人很多。

在一众学生中,安期生成了河上公的得意门生。他勤奋刻苦,认真研读老师的《河上公章句》,常年学习《道德经》,终于成为一代大师。

黄老学说里本身就有养生的知识,安期生同时也深入学习了《黄帝内经》等医书,也成了养生方面的专家。他的身体保养得很好,成了名气在外的"养生大师"。

秦始皇曾经东游登琅琊台,慕名拜访安期生,与他交谈了三天三夜,大有收获。可秦始皇并不相信黄老学派的治国理念,他统一天下的成功经验告诉他,唯有中央集权才是最可靠的。他最感兴趣的是安期生的养生之道,他现在拥有天下,只求长生不死。秦始皇看着年纪已经不小,却面色红润、行走如风的安期生,觉得他一定有秘诀。

秦始皇要长生不老,要永远享受帝王权柄带来的权威与快乐。为了达到这样的目的,他可以不惜一切代价。于是他把带来的金银财宝全部赏给了安期生,希望他能助自己长生不老。

此时的安期生很是郁闷,自己说了半天,对面这个横扫六国的人根本不想听什么无为而治的理论,就是想学点长生术罢了。其实他哪里有什么长生药,不过是修养身心而已。可眼前这个说一不二的帝王又不能得罪,怎么办?

忽悠,大胆地忽悠!越怕死的人越相信忽悠!第二天,安期生封存了秦始皇赏赐的钱财,并送给始皇帝一双红玉鞋,留下一封书信,飘然而去,说自己去海上的蓬莱山求道去了,等求得仙丹再进贡给皇帝。

他这一番操作,没想到竟把自己包装成了神仙。秦始皇还真派人到海上找他,这也给许多方士创造了"就业机会",如卢生、韩终、徐福、侯生等人。

东部沿海地区常有海市蜃楼的自然现象出现,那时候的人难以解释其中的原理,就说那是神仙居住的地方,这给骗子们提供了"忽悠"的土壤,他们结合神话故事,构造出了一个缥缈虚幻的仙界,然后神神叨叨地告诉众人,他们曾经去过仙界,曾和神仙们打过交道。人们把他们看成了神仙在凡间的代言人,极力推崇,香火钱源源不断地落入骗子们手中,让他们在凡间过上了神仙般的生活。

秦始皇为了长生不老,天下初定后,开启了五次大规模的寻仙之旅。

安期生明白,求仙不过是妄想,黄老之学不是为了让人永生,而是让百姓安生。

可是,秦始皇听不进去。他太成功了,扫除六国,让天下人臣服,现在他一心只求长生。可惜这位后半生执着于追求长生的伟大帝王死在了他第五次东巡的途中。秦始皇的贴身宦官赵高说服胡亥、威胁李斯,在沙丘宫经过一番密谋,矫诏由胡亥继承皇位,还以秦始皇的名义指责扶苏"子不孝"、蒙恬"臣不忠",逼迫他们自杀。在得到扶苏自杀的确切消息后,胡亥、赵高、李斯这才命令车队日夜兼程,返回咸阳。

此时秦始皇的尸体已经严重腐烂,发出一股股恶臭。为了隐瞒皇帝的死讯,车队不敢走捷径回咸阳,而是摆出继续出巡的架势,绕道回咸阳。他们把很多咸鱼、鲍鱼装在秦始皇的车上,用鱼的腥味掩盖尸体腐烂的恶臭味。

追求长生的秦始皇竟然得此下场,实在可悲可叹。

安期生自得到"仙人"的称号后,一直处于隐居的状态。

既然才华得不到施展,那就选一处清净无人之地隐居,整理学习修行的成果,他坚信将来某一天,黄老之学会在社会治理中派上用场。

他隐居在海边,经常跋山涉水采集草药,身体非常好,后来被人称为"千岁翁"。安期生对秦末频繁的战乱已经厌倦,他深知在水深火热中忍耐着的百姓需要在未来战乱平息后,以黄老思想为指导,休养生息。

为了让更多的人相信自己的学说,安期生想到了一个好办法。齐国自古以来就流行神仙传说,他就把道家、邹衍的阴阳五行说揉合起来,把鬼神的传说与求仙之术联系起来,将黄老学说包裹在鬼神、求仙的外衣下,增加黄老之学的神秘感,吸引更多人前来学习。

神仙的代言人,谁敢不尊敬?长生之术的发明人,谁不愿意追随?长生求仙这个东西,宁可信其有,不可信其无。于是各地前来向安期生学习的人越来越多,在学习养生之术的同时,也潜移默化地接受了黄老学派的思想。

安期生的名气越来越大,江湖上关于他的传说越来越离谱。有人看到他在海边吃让人长生不老的大枣;有人看到他在海上健步如飞,腾云驾雾,宛如游龙。在众人的吹捧中,安期生成了长生不死、神通广大的人物。他门下也出了不少学识渊博、有真才实干的徒子徒孙。《史记·乐毅列传论》记载:"乐臣公学黄帝、老子,其本师号曰河上丈人,不知其所出。河上丈人教安期生,安期生教毛翕公,毛翕公教乐瑕公,乐瑕公教乐臣公,乐臣公教盖公。盖公教於齐高密、胶西,为曹相国师。"这个盖公后来帮助汉朝丞相曹参等人推广无为而治的政策,让西汉初年的社会快速稳定下来,经济得到复苏,百姓安居乐业。

只是安期生做梦也没想到,他给后人留下了大量"高质量"的就业机会,方士们纷纷把他当作祖师爷对待,安期生原本"借皮"推广黄老学说的计划落空了。方士们不关注黄老之学的内涵,而是在皮毛上狠下功夫——借仙之口欺骗凡人。

其中的代表就是李少君和栾大。

汉武帝的一生中,没有什么是他想要却得不到的,唯有一样东西,那就是寿命。于是晚年的汉武帝也在寻找长生之道,招募天下懂得道术的方士。

李少君,一个懂点草药知识的骗子。他号称在安期生那里得到了炼丹的秘方。他借安期生的名号招摇撞骗。李少君本来是一贫如洗,连炼丹的金石原料和草药都买不起,他对人说:"我又老又穷,就是再卖力气种田,也凑不上买药炼丹的钱。听说当今天子爱好炼丹术。我想去朝见皇帝,求皇帝和我一起炼丹。"

李少君不忘在他的炼丹秘方上注明了"商标"——安期生。

汉武帝立刻召见他，李少君不慌不忙地说："我在海上漫游的时候，曾遇到了仙人安期生，看见他正在吃一种长得像瓜一样的枣子，几百岁的他依然如少年。他说与我有缘，将炼丹的秘方传给了我。"

汉武帝半信半疑，不过依然赏赐给李少君很多钱，将他留在身边炼仙丹。李少君一跃成了皇帝身边的炼丹师，虽然仍未完全取得皇帝的信任，但也不可谓不成功。

李少君曾经与武安侯田蚡一起参加宴会，看到与会者有一位九十多岁的老人，他觉得表现的机会来了。他走上前去，问老人的姓名，然后一本正经地微笑道："我曾经和你的祖父一起在夜里游玩宴饮过。那时你还很小，跟你祖父在一起，所以我才认识你。"

大家觉得不可思议，这个李少君什么来头？年纪有那么大了？看起来不像啊？

还有一次，李少君看见汉武帝的一件旧铜器，就对武帝说："我认识这件铜器。春秋战国时齐桓公曾把它摆在自己的床头。"

汉武帝细看铜器上刻的字，果然是春秋时齐国的铜器。原来李少君活了几百年了啊，但他看上去只有五十来岁，脸色白里透红，果然是仙人啊！

皇帝相信了。王公贵族们听说李少君能让人长生不老，又得皇帝宠幸，提着钱往他家里送。没多久，李少君家里的金钱堆积

哎呀，小朋友，
我和你的祖父
曾经一起宴饮呢。
啊！
他什么辈分？
听说他认识高祖啊。
哎呦，
这不是齐桓公的东西吗？
我见他总是把玩这个。
仙人！你！仙人！

成山，他纵情享乐，成了活神仙。

什么都有了，是时候抽身了，该怎么做呢？学"师父"安期生吧，飘然而去。

李少君劝汉武帝不要纵欲无度，也不宜到处征战，杀人太多，并把自己长生的"秘方"给了汉武帝，然后假称自己生病，需要前往仙界调养。

为了不因露馅而被满门抄斩，李少君上演了一出空城计。他谎称病重，汉武帝派人去探视，结果尸体不见了，只留下一套空衣服。汉武帝后悔不已，恨自己没有向李少君学习更多的成仙之术。

见李少君功成名就，后来人都前赴后继，纷纷进献给汉武帝长生不老之术，可并不是每个人都能像李少君那么走运。

栾大是一个胆大的赌徒。他是汉武帝时期胶东王刘寄宫中的尚方（相当于采办），懂得一些食疗的知识，善于保养，长得细皮嫩肉、高大英俊。栾大不甘心只做一个商品采购员，前有李少君的成功案例，给他指明了"奋斗"的方向。

于是他逢人便吹嘘："我经常往来于海上，遇到过安期生、羡门高这些仙人，他们觉得我有修行的潜质。但是可惜，他们因为我的地位低贱，不太愿意跟我结交。"谎言说一百次，也就成真的了，有很多人开始相信他的话。他也教给大家很多食疗保健的方法，的确起到了作用。

于是他的一个"粉丝"——乐成侯丁义把他推荐给了汉武帝。失去李少君的武帝对自称见过神仙的栾大委以重任。

神仙嫌他地位低，不愿意与他结交传授道术？这还不好办？汉武帝立刻封他为五利将军，又拜为天士将军、地士将军、大通将军、天道将军，为他会见神仙创造了便利条件。这还不够，为了继续抬高他的身份，让神仙不再嫌弃他，汉武帝把自己最喜欢的女儿卫长公主嫁给他，并赠送了丰厚的嫁妆与豪宅大院，还一并把胶东半岛最富裕的土地送给他，为他们举办了一场"世纪"婚礼。

有了这些身份，仙人总不能再嫌弃你了吧？安心替朕去找寻神仙，学习仙术吧。

这下玩笑开大了，栾大原本只想混个官做，没想到成了皇帝身边的红人。事已至此，硬着头皮也得上啊。他先用食疗、丹药等哄住皇帝，可汉武帝什么没吃过，食补有用吗？再说栾大那点医术怎能跟宫里的大夫比？

在汉武帝的催促下，栾大不得不面临出海的选择。大海波涛汹涌，随时都有丧命的危险。家里的金银财宝怎么办？美丽的妻子怎么办？

他犹豫不决，吓得不敢出海。他到泰山上向着大海祈祷，皇上派人尾随他，察看他的行踪，知道他其实什么也没见到。栾大回去后装模作样地说见到安期生等神仙了，但是仙术不是说学就能学的,还需要一个过程。

汉武帝听完他的汇报气不打一处来,这是赤裸裸的欺君,看来栾大把他当傻子了。多少人给他敬献丹药,可是他的身体却越来越差,这些欺君之人该死,该杀!愤怒的汉武帝将栾大判处腰斩之刑,这样还不解气,将栾大的推荐人乐成侯丁义弃市,让大家亲眼看看不负责任的下场。

安期生的本意是用神秘的包装卖货真价实的黄老思想,他也没想到后世的很多人居然挂羊头卖狗肉。"学霸"跟"学渣"的差别还是很大的,治国思想不能与单纯的欺骗画等号!

陈旉 / 贾思勰 / 宋应星·
我在宋朝搞科研

宋朝时，官员俸禄丰厚，社会地位高，读书人们迎来封建社会最美好的时代。

在科举发榜之日，榜下总聚集些富豪乡绅，他们要在新科进士中挑选乘龙快婿。"榜下捉婿"成为宋代的一种婚姻文化。

"书中自有黄金屋，书中自有颜如玉。"那时候，不知多少文人前赴后继地扑向考场，读书仿佛就是为了做官。

可在南宋真州（今江苏省仪征市）的西山，有一个知识渊博的人，自称西山隐居全真子，他不参加科举考试，而是隐居在西山做农民。

他自幼读书广泛，拥有神童必备绝技——过目不忘。诸子百家学说无一不精，神话、历史烂熟于心，对算术、农学也颇有造诣。他经常脱稿给人讲解书上的知识与道理，口若悬河，让人听得如痴如醉。这样的才子不去参加科举考试，时人都为他感到可惜。

他在院子里开辟了一块空地培育中草药，在田里种植水稻，在家里养桑蚕，搞起了综合养殖。他比陶渊明厉害，不仅隐居世外，还能利用农业创收赚钱养家。他晴天野外耕种，雨天窗下读书，白天观察作物，晚上挑灯写作，过上了令现代人羡慕的"田园牧歌"式的生活。

一辈子未出山的他，在七十多岁的高龄，写成了一部农学奇书——《陈旉农书》。他就是南宋的陈旉，书写成时，他已经七十四岁了。

这是我国现存最早的记载江南地区农业生产技术的农书。它第一次把养蚕技术作为农业技能中的一个重点来讲解。短短的一万二千余字浓缩了陈旉毕生思考的精华，详细讲述了水稻育种与种植的技术，创造性地提出在池塘堤上种桑、塘里养鱼、池塘水灌溉稻田的农业模型，这是很现代化的农业生产理念，农、渔、副同时发展，循环利用资源。

还有一部农书很有传奇色彩，从综合养殖到小吃技能培训，从快递运输到开源节流小技巧，应有尽有。你想到的、没想到的这里面都有，完全称得上是古代农民创业手册。

全书有十多万字，结构严谨，分类科学，成为后世多部农书的参考典范。

这部书的作者也有些传奇色彩，好好的官他不做，辞职去搞农业。

他出生在书香门第,一家几代都是"学霸"。成年后的他凭借良好的家学进入官场,最高做到过太守。人家出差顺便旅游,他出差、调动是为了考察各个地方的农业生产。每到一处,他都放下身段向具有丰富经验的老农民请教:"大叔,这是什么品种?""大婶,这个怎么养殖?"

他可不是作秀表演,为了掌握养羊的技能,他曾自掏腰包买了两百只羊,亲自养殖。他一方面认真阅读研究前人的农学典籍,一方面又搜罗大量的农谚歌谣、收集各地的生产经验。为了向有经验的老农民求教,他经常住在村里的茅草屋中。

技术、经验、本事都有了,他挥一挥手,告别了官场,回到了家乡。他回乡后亲自耕种,不仅解决了全家的温饱问题,还把他的经验传授给乡邻,带动乡亲们一同致富。

他把自己的毕生所学写成一本书——《齐民要术》。这是我国现存最完整的大型农业百科全书,受到后世历朝历代皇帝们的重视。

这位辞去官职到农村创业的神人就是贾思勰,他是南北朝时期北魏青州益都(今山东省寿光市)的杰出农学家。

到了明朝,有位"学霸"也是一边做官,一边搞农业研究,他写了本更加神奇的书。

他自幼在私塾读书,聪明强记,几岁就能作诗,由于八股文

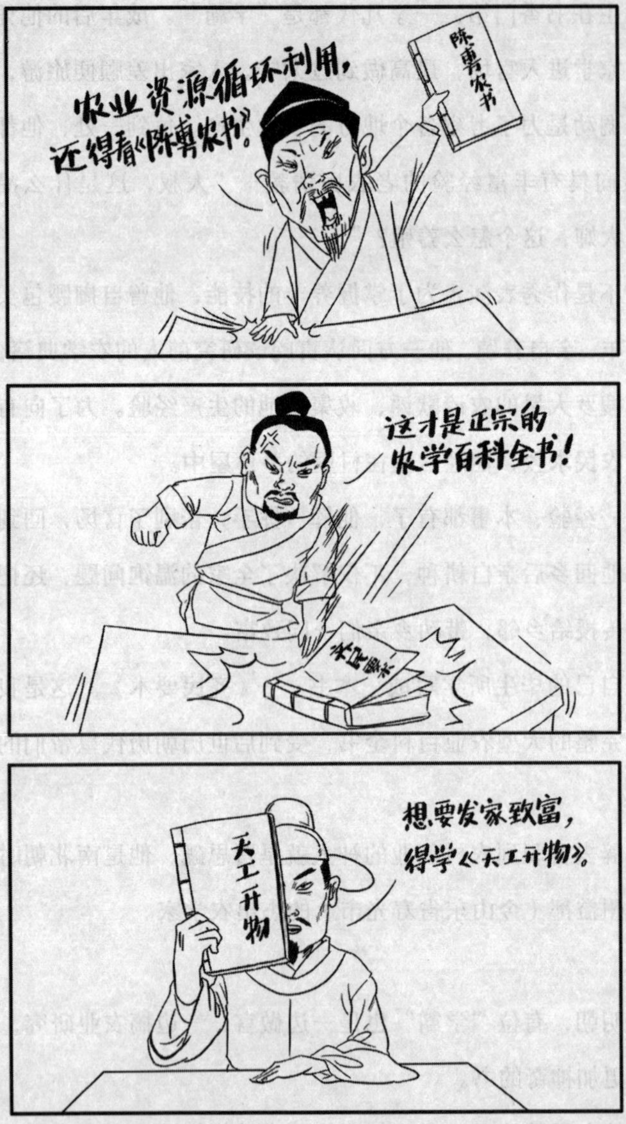
陈旉农书
农业资源循环利用，
还得看《陈旉农书》。
这才是正宗的
农学百科全书！
想要发家致富，
得学《天工开物》。
天工开物

太枯燥，他反而对天文学、声学、农学、医学及工业制造产生了极大兴趣。

十五岁那年，他听说宋代沈括的《梦溪笔谈》写得很有趣，很渴望能读一读，问来问去，周围没人有这本书，人们都不解，看这书对考试有用吗？闲得没事干吧。

听说镇上的书铺刚购进一批新书，他就急匆匆赶去，找来找去，书架上都是经典畅销书，没有《梦溪笔谈》。

店老板像看怪物一样上下打量这位少年，说道："那书谁看啊？进了货也卖不出去啊！小伙子，我看你还是买几本儒家经典回去读读，将来考个功名吧。"

少年垂头丧气地离开了。众人笑我太疯癫，我笑他人看不穿哪！

他一边埋头走路，一边叹气，什么世道，好书都没人读。

"哎呦！谁啊？"

他不小心撞到前面一个米粿（糯米做的小糕点）小贩身上，米粿撒了一地。少年连忙道歉："对不起，对不起，我来帮您捡！"

哎，这不是《梦溪笔谈》吗？包米粿的废纸上赫然印着《梦溪笔谈》的内文。少年赶紧问道："您这是从哪里得来的啊？能卖给我吗？"

"你说这废纸啊，还卖什么，你要的话，我把它送给你就是了！反正也是清早路过南村纸浆店时向店老板讨来的。"

竟有人如此痴迷于书，小贩感动了，马上从篮子里拿出几页破书，正是《梦溪笔谈》。

少年如获至宝，可他发现少了半部。他道声谢，飞快地跑到纸浆店，那后半部书已经和别的旧书一起拆散泡入水中，准备打成纸浆。

少年赶紧拿出身上仅有的买书钱求老板，道："求求您，帮忙把《梦溪笔谈》从水池中捞上来，这钱给您。"

老板被少年的读书精神感动，从水池里捞出拆散的书页，送给了少年。

回到家，少年耐心地把书页晾干，重新装订起来。

这个故事的主人公就是宋应星，他是明朝著名的科学家。他做官后在各地来回奔波，却始终没放弃他的爱好——钻研各门学问。他后来写成一部比《梦溪笔谈》更全面的书——《天工开物》，被誉为"中国十七世纪的工艺百科全书"。

夏统·你把我当什么人了？

晋朝有个怪人，他幼年丧父，家里一贫如洗，对相依为命的母亲极尽孝道。为了生计，他经常在山上找干柴与食物，或者到田里拣点螺、到海边搞点贝壳什么的。他每天很早就出去，很晚才回来。在这样的条件下他还坚持读书，逐渐变得善于辩论。在到处都是文盲的古代，这样的人是稀缺的。亲戚们为了以后沾点光，纷纷劝他出去做官："你孝顺、正直、有才学，可以跟官府的人结交啊，不依附他们怎么能富贵呢？何必在穷乡僻壤中隐居呢？你真打算在穷困中度过一生吗？"那个时候没有科举考试，只有攀上达官贵人才能获得进入官场的机会。

他却生气地说道："你们怎能这样说呢？假如我生在太平盛世，我可以跟那些正直有才的人一起为官。如果遇到黑暗的时代，我宁愿像屈原那样自沉江底，也绝不与贪官为伍。如果处于不好也不坏的时代，我会像长沮和桀溺一样隐居，哪能在朝廷里委屈求生呢？你们这些人不怀好意，像苍蝇一样在我耳边嗡嗡作响，不烦吗?"亲戚们满脸通红,从此再也没人劝他做官了。

后来母亲病重,他去洛阳求医问药。他在船上晒草药的时候,洛阳城的王公大臣们乘着华丽的车子,带着漂亮的女子,高调出游。老百姓都出来看热闹,指着那些王公贵族的衣服、饰品等啧啧称奇。他却一点也不稀罕,继续淡定地晒他的草药,朝廷的太尉贾充正好路过,见此人如此镇定,应该不是等闲之辈。于是贾充站在自己船上问道:"喂,你叫什么名字啊?"

他瞥了贾充一眼,没有搭理,继续干活。贾充的仆人们正要呵斥,贾充摆摆手阻止了,又问了一遍:"请问,你叫什么名字啊?"

听对面的人这次说了"请问"两个字,他才抬起头望着贾充说:"我是会稽人夏统。"

"哦?会稽人?那你能说说会稽是个什么地方吗?"贾充想试试这个怪人有没有真才实学。这年头的怪人要么有本事,要么精神有问题,要么就是沽名钓誉之辈。对面的人是哪一种呢?

夏统不慌不忙地说:"我们会稽那儿的人彬彬有礼,有大禹时代的遗风,太伯时代的仁义和谦让,严遵先生所具有的高亢志气,黄公所表现出的高风亮节。"贾充满意地点点头,又问道:"你在海边居住,应该很识水性,撑船的技术如何?"

夏统没再多言,他跳上小船,撑起一支长长的竹竿,小船像一条大鱼在风大浪高、云遮雾绕的洛河上穿行,他像个神仙一样飘在忽隐忽现的船头，镇定自若。

"高，实在是高！"贾充心里赞叹，又问道，"刚才听你说话的声音中气很足，你会唱你们当地的民歌吗？"

"这有何难？"夏统用脚在船板上打着拍子唱起歌来。他的声音清越高昂，仿佛电闪雷鸣、风卷沙尘，大家以为暴风雨来了，吓得纷纷喊停。众人皆感慨道："如果不来洛水边游玩，怎么能见到这样的神人？"

贾充对夏统非常满意，这样的人不为我所用，岂不可惜？便继续问道："你愿意出来做官吗？"夏统低着头不说话，也许在考虑，也许在犹豫。

贾充指着车队与美人们，沾沾自喜地说："你看这威武整齐的仪仗队，看那些艳丽漂亮的女子，如果你愿意到我身边来做官，就可以指挥这些军队，乘坐华美的车子，拥有温柔的美人，那时会有多少人羡慕你啊！"

"我就那么肤浅吗？不去！"夏统严词拒绝了。人才应该被尊重，而不是被利诱。

贾充不理解，叹着气说："此吴儿是木人石心也。"

夏统的才学远近闻名，他一生中有很多入仕的机会，但他不愿与当时的官员们沆瀣一气，选择了独善其身。夏统的高风亮节让他青史留名，被载于《晋书·夏统传》中，直到今天这种精神都值得我们学习。

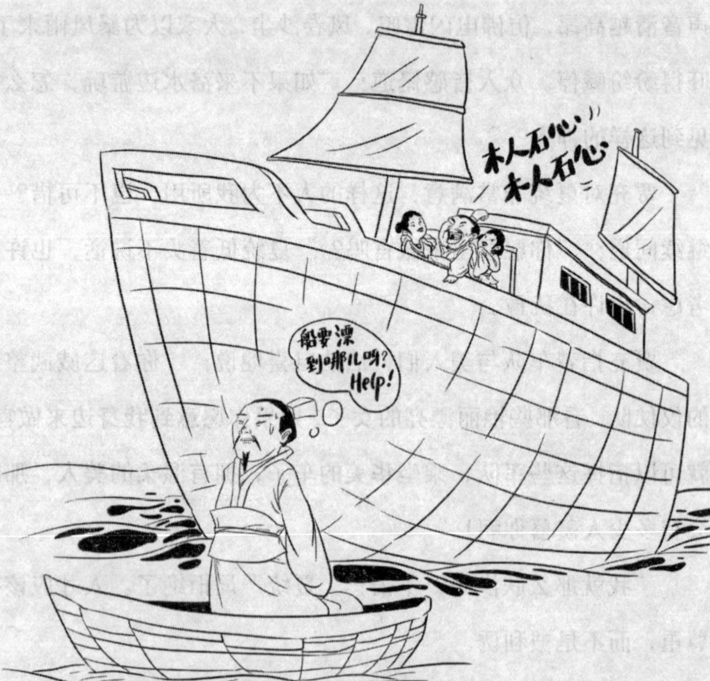
木人石心
木人石心
船要漂
到哪儿呀?
Help!

萧美人 / 宋五嫂·厨娘的餐桌学问

"去，赶紧到仪征南门萧美人处买八大点心过来，跟她说是我安排的！"清朝"食圣"、大诗人袁枚吩咐家人道。是什么东西让尝尽天下美食的他如此挂念呢？

袁枚在《随园食单》中大赞萧大美人做的点心："仪征南门外，萧美人善制点心，凡馒头、花生、瓜子、糕点之类，小巧可爱，洁白如雪。"这次他要购买萧美人的八种点心：花生、瓜子、花生酥、瓜子酥、糕点等共计三千件，用船运到南京江宁。

大诗人赵翼也曾日夜赶路，星月兼程，就为了吃口萧美人的点心，当然也顺便欣赏萧美人的盛世美颜。

萧美人是谁呢？

她出生在乾隆年间，住在江苏仪征城南，父亲开了两家糕点店，主要做馒头、包子、糕点、茶点。年少的时候，萧美人就出落成远近闻名的大美人，她天生丽质，成了仪征城里最美的一道风景。渐渐地，大家都忘记了她的真名，只称呼她为萧美人。还有文人为了谄媚她，专门为她写了诗：昔年丰姿，面如夹岸芙蓉，目似澄澈秋水。

红透半边天并未让萧美人迷失自我。她明白容颜终将逝去，但技术永不过时。作为独生女的她少不了在店里帮忙，耳闻目睹了师傅们制作点心的过程，并将各种配方牢牢记在心里。有时她自己也尝试着做一些稀奇古怪的糕点。长大后，提亲的人踏破门槛，务实的父亲挑选了一个忠厚老实的落魄书生做女婿，她欣然接受，婚后夫妻恩爱。

只可惜，二十五岁那年，邻居家的一场火灾殃及到她家，父母丧生火海，丈夫也落下残废。原本幸福安逸的家没了，维持生计的店也没了，养家重担压到她一个人身上，她必须站起来。

萧美人不得不来到街上，摆摊卖糕点。为了吸引顾客，她在糕点的制作上做了些创新：在大米粉、糯米粉里掺上果泥、核桃仁、瓜子仁、松子仁和麻油，再加上适量的糖，和成面团，装点一些红绿梅子丝，再放到蒸锅上蒸熟。这样做出来的糕点既好看又好吃，一时间风靡大江南北。

萧美人不仅糕点做得好，她的美貌也是一块金字招牌。精致美味的糕点配上美厨娘，这家小店立刻"刷爆"了文人雅士、王公贵族们的"朋友圈"，大家纷纷前来购买品尝。连乾隆皇帝都被惊动了，特地命人定制两千份萧美人的糕点赏赐后宫嫔妃。扬州知府谢启昆升任山西布政使，临走时也跑去小摊凑热闹。

他没想到傍晚时,来买糕点的人仍在排"长龙",不禁作诗一首:"绿扬城郭蓼花津,饳饤传来姓字新。莫道门前车马冷,日斜还有买糕人。"

讲完糕点的故事,接下来要讲的是一个关于鱼的故事。

"好吃的鱼羹,快来尝尝啊!"一个温柔而又带有磁性的声音,飘进了西湖游船上宋高宗赵构的耳朵里。

"咦?开封口音?"叫卖者的口音有明显的开封味儿。靖康之变后,宋朝的首都从开封搬到临安有些年头了,但是一听到老乡的声音,高宗就坐不住了,那亲切而悠长的吆喝声,唤醒了他关于家乡的记忆。

声音从西湖边的一家小酒馆传出来,门口站着位中年妇女,头戴红丝巾,身穿碎花衣,白净的脸上微微冒出几点汗,脸色红润有光泽。

"听说这一带有不少好吃的特色菜,陛下如果喜欢,小的让她过来?"一旁的太监看懂了皇帝的心思。

宋高宗微微点点头。

很快,太监带着中年妇女来到游船上,那女人紧张地跪下来,喊道:"万岁万万岁!"

"平身,平身,不必拘束,听你口音是开封来的?"

"是的,民女原籍开封,早年间南迁到临安,在西湖边开了

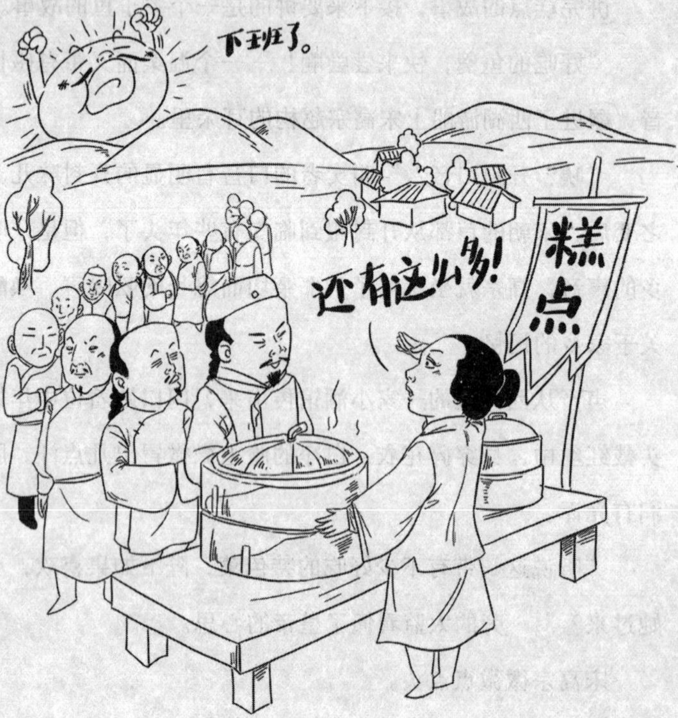
下班了。
还有这么多!
糕点

家小酒馆。"妇人小声地回答道。

"哦?那你这边有什么好吃的?朕正好有点饿了。"

"民女最近刚学会一道鱼羹汤,大家都说味道好!"

"好啊,给朕做一份吧。"宋高宗来了兴致。

不一会儿,鱼羹就端上来了,羹汤色泽油亮,宋高宗尝了一口,只觉得鲜嫩滑润,味似蟹肉。"嗯,很好,很好!"宋高宗一边吃一边点头,这道鱼羹巧妙地融合了开封菜与临安菜的精髓,让他龙颜大悦。

"来人,赏!"宋高宗赏了妇人百两银子。

这位妇人名叫宋五嫂,从此"宋嫂鱼羹"成为这家小酒馆的招牌菜,前来品尝的人络绎不绝。

皇帝的认可让她信心倍增,她开始专心研究新菜式——尝试改变临安当地清汤鱼的做法,用略微腌制过的草鱼为原料,以醋作为主要佐料,配以生姜、大蒜、白糖、盐、萝卜丝等辅材,烧成一道色泽红亮的醋溜鱼。用这种方法做出来的鱼,肉质鲜嫩,酸甜清香。

这就是名菜"西湖醋鱼"的由来。

宋五嫂和萧美人都是善于创新的厨娘,应了那句话——三百六十行,行行出状元。我们所理解的"学霸",不应该只是"做题家",能在一个领域潜心钻营,做出成绩的,都是我们的榜样。

喻皓·土木工程不只有"提桶跑路"

"这家伙躺在地上干吗？"

"不是脑子被撞坏了吧？"

"别去扶他，万一他赖上你了，怎么办？"

一群人围着一个躺在地上的大汉指指点点，那大汉躺在地上，眼睛一动不动地望着相国寺。

过了好一会儿，他才意识到周边围满了看热闹的人，站起来，抹了抹脸上的泥巴，转身走了。

他的名字叫喻皓，是五代末、北宋初的浙东人。因为他出身卑微上不起学，没念过什么书，很小就去学习木工了。他勤于思考，善于向别人学习，不论走到哪里都要仔细观察当地建筑的特点。

北宋统一后，大搞拆迁重建，需要大批技术人才，喻皓从杭州来到了京城开封。开封城里有一座唐朝时建造的相国寺，相国寺周围热闹非凡，有字画销售、小吃美食、杂耍表演、妓院酒肆……称得上是京城的"CBD"。可是喻皓只对相国寺门楼上的飞檐感兴趣。

飞檐在中国传统建筑中经常被使用，常用在亭、台、楼、阁、宫殿、庙宇等建筑的屋顶转角处。这样的设计不仅美观，还可以扩大采光面积、排泄雨水。

这么巧妙的构造是怎么搭建出来的呢？喻皓特别想弄清楚，于是他一有空就往相国寺跑，站在相国寺门楼底下仔细观察研究。站累了就坐在台阶上继续看，脖子酸了，就一动不动躺在地上看。大家对他指指点点，都绕着走。他不顾别人异样的目光，一边思考、一边画图，回到家里，又用小木头块尝试搭建相国寺门楼的模型。

他还把自己日常观察到的各类建筑与心得记录下来。木工做到这个地步，想不封神也难。

当时的木工技术主要靠师父传授，并没有专门的书籍来总结经验，所以许多技术得不到交流和推广，渐渐就失传了。喻皓觉得有必要把历代工匠的巧思编著成书，他在晚年的时候写成《木经》三卷。可惜在注重儒家学说的时代，喻皓的书籍根本上不了大雅之堂，没多少人关注，因此导致《木经》失传了，喻皓的事迹也只是偶尔被人提起。欧阳修在《归田录》中曾称赞他为"国朝以来木工一人而已"，可见他的木工技艺有多高超。

这就是典型的工匠精神，喻皓是有名的木匠，尤其擅长设计多层宝塔和楼阁。当时宋太宗想建造一座十一层高的木塔来供奉佛祖的舍利子，就从全国各地抽调了一大批能工巧匠到汴梁。名声在外的喻皓成了这个皇家项目的"设计总监"。

为了造好宝塔，他先用木块等比造了一个宝塔模型，当时另一名设计师郭忠恕提出，这个模型逐层收缩的比例不对。喻皓对模型的尺寸重新测算，发现郭忠恕说得对，仔细修改以后，才开始动工建宝塔。

在众人的努力下，历经七年，宝塔落成，成了当地的新地标。这就是历史上有名的开宝寺木塔。

可是当大家都来欣赏木塔的时候，发现塔身怎么微微向西北方向倾斜呢？万一倒了怎么办？

一些嫉妒他成绩的人就恶意攻击他，喻皓不慌不忙，回应道："京城这边地势平坦，周围没有山，常年刮西北风。我有意让塔身稍向西北倾斜，为的是抵抗风力。估计不到一百年，塔身就能被风吹正。"他自信地拍着胸脯说："我这绝不是'豆腐渣'工程，塔的寿命起码能维持七百年。"

喻皓在当时的条件下，能结合当地的环境与气候，作出周密的设计，非常了不起。遗憾的是，木塔造好后，过度劳累的喻皓就去世了。

造歪了,
故意的。
估计不到
一百年,
风会
帮我
吹正了。

孙云球·让近视眼镜片价格降下来

"唉，真是老了，眼睛时常看不见东西。"

董如兰是个有知识的妇女，丈夫孙志儒曾做过福州、漳州知府，家境还算不错。自从丈夫去世后，家里没剩积蓄，又遇到明清交替的乱世，她的生活过得异常艰苦。她跟儿子相依为命，既要为生活操心，又要教儿子读书识字。

可近来她的眼睛看东西越来越模糊，看书很费劲。

唯一令她欣慰的是儿子孙云球很懂事也很聪明，学习非常勤奋，尤其喜欢钻研数学、测量、算法等知识，时不时还会利用木块、石头搭建一些稀奇古怪的模型。他在当时属于异类，读书人都喜欢诗词歌赋，数理化属于没人关注的冷门学科。

好在董如兰并不强求儿子一定要做官，有一技之长能养活自己就好，学习不一定就是为了做官。

这不，从山上采药的儿子回来了，他手里拿着一颗水晶石，随后专注地观察，一会儿拿它对着太阳看，一会儿拿它对着手掌看。

"娘,您来看!"孙云球兴奋地喊道。

"这是什么?"

只见孙云球正拿着水晶石对着书看,透过那晶莹剔透的石头片,书上的字变大了,真有趣。

"娘,以后我给您做一副眼镜,您就能看清楚了。"

眼镜是舶来品,在那时是真正的奢侈品,很少有人家能用得起。

眼镜在宋朝的文献里就有记录,宋朝赵希鹄《洞天清录》记:"叆叇,老人不辨细书,以此掩目则明。""叆叇"是比较原始的镜片。到了明朝,眼镜已有从西洋舶来的记载,在当时仍然是稀罕物件。明朝嘉靖时期的郭瑛在《七修类稿》中记载:"闻贵人有眼镜,老年观书,小字毕见,诚世宝也。"清朝赵翼在《陔余丛考》中记载:"古未有眼镜,至明始有之,此物在前明极为贵重,或颁自内府,或购自贾胡,非有力者不能得。本来自外洋,皆玻璃所制。"

到了明朝末期,杭州成为早期的眼镜制作中心,但贫穷人家还是买不起的。孙云球听说杭州有很多技术高超的制镜师傅,便想去学习。

母亲答应了儿子的请求,只要肯学习钻研,做哪一行都有前途。

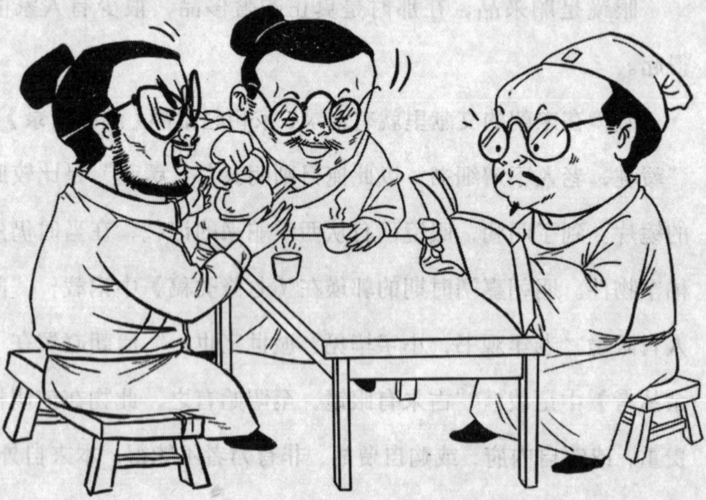

孙云球从吴江来到了杭州，这里有很多制作眼镜的作坊，他成了作坊里的学徒。

"学霸"就是与众不同，年少时孙云球读的书在这里派上了大用场，他在制作眼镜的过程中结合几何、物理、数学等知识，很快掌握了"磨片对光"技术，创造性地用水晶材料磨制镜片，富有创新精神的他成了杭州最厉害的镜片加工师傅。

创新是永无止境的。孙云球考虑到学徒手工磨镜片容易损伤材料，他又研制出了磨制镜片的牵陀车，实现了镜片制作半自动化。

孙云球觉得自己的水平仍然需要提高，又向各位行业大师请教学习。他向杭州的陈天衢学习光学；向苏州的薄珏学习物理知识。有了积蓄后，他便开了自己的店铺，这样更方便深入研究了。孙云球还经常组织镜片领域的专家与高级技工到苏州搞"学术研讨会"，一边游玩，一边讨论研究新技术。

他将光学知识、打磨技术与苏州地区雕琢玉石的工艺相结合，成功磨制出各种凹凸透镜，又利用水晶石磨制成存目镜（相当于简单的显微镜）、万花镜（相当于万花筒）、放大镜、夜明镜、千里镜（望远镜）等各类光学镜片。

他的好友文康裔在《读〈镜史〉书后》中写道："其远镜尤为奇幻，偕登虎丘巅，远观城中楼台塔院，若招致几席，了然在目。神哉！技至此乎！先生资我披览诵读者，殆锡我以如意珠也。

悉之有数十种类，各有不同，而功用亦迥别。"

　　文康裔是严重的近视患者，孙云球曾和他一道登上苏州虎丘山，用自制的望远镜眺望，他清晰地看到苏州城内的楼台塔院、树木花草。文康裔不禁感叹，神人哪！

　　让奢侈品成为普通百姓用得起的产品，就得让大众掌握核心科技。孙云球根据自己长期的实践与研究，写了一本关于制作眼镜的书籍——《镜史》，让各个商家依据书中的方法制作镜片，生产效率大大提高。《虎阜志》中记载："令市坊依法制造，镜遂盛行于世。"镜片的价格自此一路走低，普通老百姓也能买得起了。清朝人叶梦珠在《阅世编》中记载："顺治以后价渐贱，每副值银不过五六钱。近来苏杭人多制造之，遍地贩卖，人人可得，每副值银最贵者不过七八分，甚而四五分，直有二三分一副者，皆堪明目，一般用也。"

　　孙云球的妈妈亲自操刀为《镜史》作序言，只可惜这样的书籍与技术不被主流文人重视。

　　"学霸"不仅仅是"做题家"，只要在自己从事的工作领域精耕细作，成为技术高超的专家，造福人民，都能得到社会的认可。

郭云深·他的一小步，别人飞出一大步

"又要开始了！"

"快，快过来看！大侠又要练功啦！"

清朝末年，一间昏暗的监狱里，牢头、罪犯们的眼睛都紧盯着一个身材矮小，但是身板结实的汉子。

那人胡子很长，正双拳紧握，气定神闲地运力，他的脖子上戴着枷，脚上拴着铁链。

拳法看起来并不复杂，就是重复几个基本的动作，但他做起来，似有千斤般的力道。

他从腰部发力，手腕后撤，用力蹬脚，转动身体，前脚前行一步，后脚紧跟一步，后脚始终不超过前脚，继而猛挥出拳。他出拳快，用力猛，如利箭穿心，如山崩地裂。他出拳时，能听到"呼呼"的风声。

此人给刚研究出来的拳法取了个名字——半步崩拳。

他的名字叫郭云深。

他是河北深县马庄人,从小就喜欢武术,因为家里太穷,无法跟随拳师学习,只能到处游荡,边走边打短工,顺便拜访武术名师。他听说易州西陵的刘晓兰先生拳法厉害,就前去拜访,两人交手之后,刘晓兰感叹:"英雄出少年,我教不了你。"于是刘晓兰引见郭云深去见师父孙亭立。孙亭立擅长八极拳,属于短打拳法,动作简单粗暴、刚猛有力。

孙亭立见郭云深是块练武的好材料,为人也正直,就将拳法都传给了他。几年时间过去了,看着进步巨大的徒弟,孙亭立感觉自己已经没能力教他了,就推荐他去找形意拳祖师爷李老能先生。

李老能本名叫李洛能,他可是个传奇人物。他原本就有功夫底子,在山西经商时,发现当地有一派戴氏心意拳,他来了兴趣,就留下来拜师学艺。经过十年的学习,他大功告成,从此打遍天下无敌手,和当时的八卦拳董海川、太极拳杨露禅坐上了武术界的头三把交椅。他还写了一本书叫《形意拳谱》。

郭云深跑到李老能先生那里虚心求教。李老能有个大菜园,郭云深在这里挑粪种菜,耕田犁地,什么都干。他每天练拳练得劳累过度,睡着后从床上摔下来都没醒,他太累了!

他的勤奋刻苦引起了师父李老能的注意。李老能很感动,此人虽然相貌平平,但意志力却是众多徒弟中最强的,此子假以时日必能成功啊!于是他将自己毕生所学,毫无保留地教给了郭

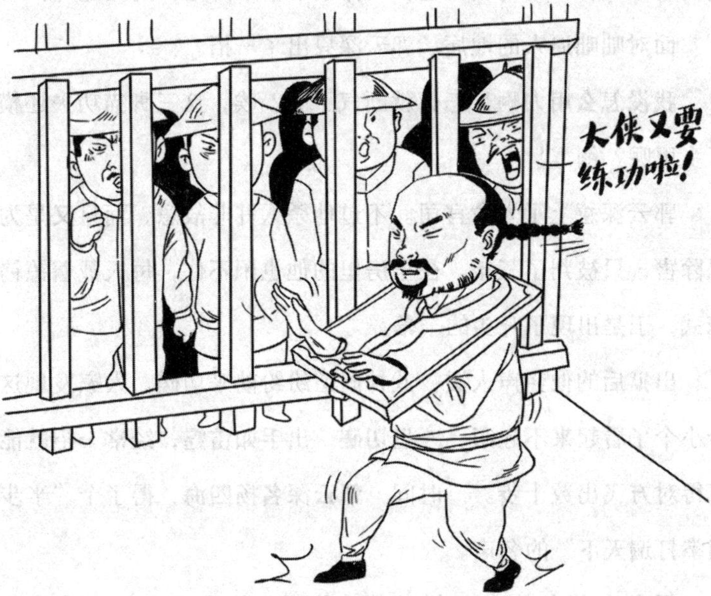
大侠又要练功啦!

云深。

在李老能先生这里学成之后,郭云深到富贵人家教授小孩武功,日子过得有模有样,直到一个街头混混的出现。

混混仗着自己有些武艺,带着一帮流氓小弟横行乡野,欺压百姓。嫉恶如仇、血气方刚的郭云深上前理论,对方不听劝告,反而动手动脚,骂骂咧咧道:"你小子新来的吧?找死是吗?"

面对咄咄逼人的地痞,郭云深只出了一招。

我没怎么用力啊!怎么就断气了呢?唉,这三脚猫功夫还横行乡里呢?倒霉!

郭云深惹上了人命官司。不过他杀人并非故意,而且又是为民除害,只被判了三年。在牢房里的他也闲不住,每天戴着镣铐练武,于是出现了开头的一幕。

出狱后的他名声大震,武林同道纷纷前来切磋。大家发现这个小个子看起来不起眼,一旦切磋,出手如雷霆,经常一招就能打得对方飞出数十步。一时间,郭云深名扬四海,得了个"半步崩拳打遍天下"的名声。

很多人慕名前来拜师学艺。此后,他隐居乡间,教授门徒。他对形意拳进行了系统的研究和总结,写了一本流传甚广的书——《能说形意拳经》。

第五章

公子们的努力
你想象不到

尹吉甫·一部传奇图书是如何诞生的

周厉王继位后，很快就暴露了本性，在荒淫、昏庸的道路上越走越远，他这么能玩，国库没钱了怎么办？

帝王的荒淫就给了小人表演的机会。荣夷公说："好办！您只要下一道简单的命令即可：不论王公大臣还是平民百姓，只要他们采药、采矿、冶炼、砍柴、放牧、捕鱼虾、射鸟兽，甚至喝井水、过城门，统统要纳税。"

这个主意妙！钱财定会滚滚而来！周厉王立刻采纳了荣夷公的建议。

召虎出身于名门，是召公后代，后世称他为召穆公。虽然身在名门望族，但他学习勤奋刻苦，学富五车。他眼看周厉王荒淫无度，专门写了一篇诗歌来劝诫周厉王，后来被收入《诗经》中，题为《大雅·民劳》，反映黎民百姓的疾苦，劝王向善。

周厉王不愧是昏君，他依然我行我素。

衣食住行都要交税，老百姓们受不了，用唱歌的形式反映内心的不满,《硕鼠》便是其中一首:"硕鼠硕鼠,无食我黍!三岁贯女,莫我肯顾。逝将去女,适彼乐土。"

召虎见情势危急,民不聊生,又写了一首《大雅·荡》,继续劝谏周厉王。

什么?老百姓还敢唱歌讽刺我?看我怎么收拾他们!

周厉王组成"间谍"小分队,暗中收集那些指责他的人的信息,谁敢乱说话,就让谁死。

从此,百姓不敢乱说话,亲戚、朋友在路上遇到,也只是点头示意。周厉王得意地对召虎说:"你看,我多厉害,老百姓再也不敢抱怨了。"

虽然百姓没有了话语权,但内心的愤怒仍在积蓄。火山的能量积聚到一定程度,就会喷薄而出。召虎对局势看得很清楚,劝道:"您这样堵住的是嘴,堵不住心。堵住了百姓的嘴巴,好比堵住了河流。河流一旦决口,便会如同洪水般席卷全国。治水只能疏通河道,治理百姓只能开导,让他们畅所欲言。这样政府才能知道政策是否正确,百姓的议论简直就是宝贝啊!"

我不听,我不听!周厉王的头摇得跟拨浪鼓一般。

火山终于爆发了,都城镐京(今陕西省西安市)的百姓们聚集到一起,拿起锄头、砍刀、凳子、木棒等武器包围了王宫。周厉王抱起几样财宝,跑得没影了。

大家的怒火无处发泄,便将矛头指向太子。愤怒的民众杀向

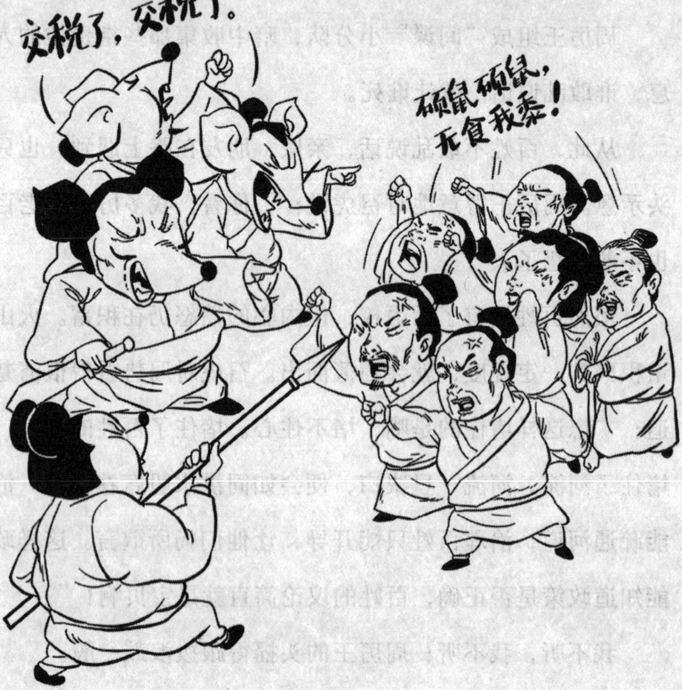
交税了，交税了。
硕鼠硕鼠，
无食我黍！

藏着太子静的召虎家，高呼"交出太子"。召虎的儿子挺身而出，做了太子的替身，代替太子受罚，总算平息了暴乱。太子静在召虎的教育下长大，学到不少本领，最终继位，这位太子就是后来的周宣王。

在周厉王下落不明、周宣王未成年时，召穆公与周定公共同执掌国政，史称"周召共和"。召穆公鼓励史官献书来警示群臣与君王，并主持疏通了百姓的议论渠道。在征服周边诸侯国时，坚持不扰民、不残杀的原则，他以武力为辅，教化为主，让许多诸侯国向周朝称臣。

周宣王在召虎的教育下继位，选拔任用了一批贤能的人，如仲山甫、程伯休父、虢文公、仍叔、张仲等人，原本在周厉王手中气数将尽的周朝出现了复兴的气象，史称"宣王中兴"。

因为重视民间舆论，周宣王时期，还出现了一个贵族出身的"三好学生"，他编写了一部影响中国千年的传奇图书。

此人本来是诸侯小国尹国的大王，因为他成绩突出、文武双全，被推选到中央做官。当时北狁狁入侵，眼看要打到家门口了，周宣王大手一挥："'三好学生'你去吧！""三好学生"奉命讨伐狁狁。狁狁人听说过他，见他带兵出征，索性放弃出击直接走了。周朝现在人才满满，不宜强攻啊！

周宣王很高兴，他封"三好学生"做了太师，主要负责宫廷礼乐，他需要用歌曲的形式反映底层百姓、各级官员的意见与声音,让艺术成为政治的参考,所以很考验太师的创作能力。太师的下面有专门采诗的官员,每年春天,他们摇着铃铛,深入民间收集小曲。

采诗官把这些民间音乐收集上来,进行精加工,让词曲变得典雅,再交给太师谱曲,最后由"专业歌手"唱给周天子听。

这些歌词反映了周朝民间的各个方面:有先祖创业的赞歌、祭祀鬼神的乐章、贵族之间的交流,更有百姓们劳动、打猎、恋爱、婚姻的场景。

随着歌曲逐渐增多,身为太师的"三好学生"把各种歌曲汇集到一起,编成了一部奇书——《诗经》,后来由孔子重新修订补充,成了儒家经典教科书。这位"三好学生"叫尹吉甫。

《诗经》分为《风》《雅》《颂》三个部分。《风》是民间或民族音乐;《雅》分《大雅》《小雅》,基本都是贵族们亲自创作的,比如,周公旦作的《蟋蟀》,召穆公作的劝诫诗;《颂》则为宗庙祭祀的诗歌,如祭祀周文王的诗歌《周颂·清庙》:"於穆清庙,肃雍显相。济济多士,秉文之德。"

《诗经》对后世产生了深远的影响,对于这样一部深深扎根于社会中的奇书,我们要感谢那个时代"尹吉甫"们的努力。

刘德·王子要做收藏家

他的名字叫刘德,是汉景帝刘启的第二个儿子,以皇子的身份受封为河间王。这个河间王并不喜好吃喝玩乐、阴谋夺权,绝对是王子里的另类。他非常喜欢儒学,穿着打扮、言行举止都仿效儒生,他贵为皇子却能礼贤下士,所以很多儒生都来投奔他。

在秦末农民战争结束后,各类书籍散失很多,大家想读书却没有书读。于是,这位王子殿下心中有了一个理想,他要将毕生的精力投入到对文化古籍的收集与整理中,这件事非常耗费金钱与心血。

刘德说干就干,他带着人走街串巷,足迹遍布洛阳、山东、河北等地。只要听到民间有人藏了什么好书,他就亲自前去,只要对方愿意卖,不论多贵,全款拿下。买书之后,他还让人重新抄一份留给藏书的老百姓。

对不愿意卖书的人,他放下架子,说尽好话。这对一个皇子来说是难能可贵的。他用实际行动证明,自己是个真正的儒者。

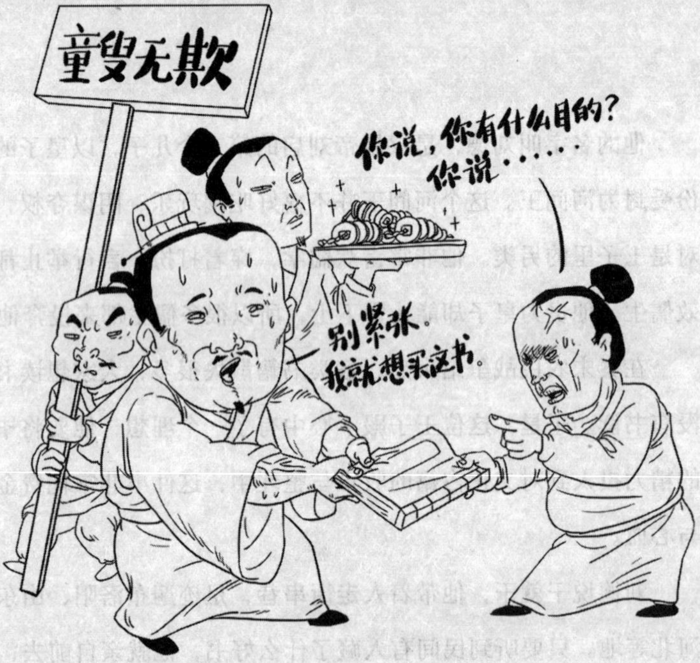
童叟无欺
你说，你有什么目的？
你说……
别紧张。
我就想买这书。

儒家说的"仁者无敌"其实跟《孙子兵法》中提出的"不战而屈人之兵"道理是一样的。一个人将仁爱发挥到极致，往往能达到最高境界——不战而屈人之兵。

很多家中有藏书的人，不远千里，拿着祖上传下的珍贵古籍前来赠予刘德。刘德从不占便宜，这些主动赠书的人往往可以得到丰厚的回报。

在收藏大量书籍之后，刘德亲自带队，率领儒学大家、著名学士对古籍进行研究、整理。他的态度极为严谨，遇到残缺不全、版本差异、抄写有误差的书，必定要组织大家在一起研讨辨析、勘误订正。

经过长期艰苦的校勘工作，刘德整理出大批正本古籍，对当时书籍匮乏的社会来说，绝对是雪中送炭。

河间王刘德在读书人心目中的地位很高，班固在《汉书·河间献王刘德传》中赞美他："修学好古，实事求是。"司马光在《资治通鉴》中评论道："王公贵人不好侈靡而喜书者，固鲜矣。不喜浮辩而好正道，知之明而信之笃，守之纯而行之勤者无一二焉。"

张衡·还有什么我不会？

　　张衡出生在典型的豪门大族中。他的祖父张堪是东汉的开国功臣，被光武帝刘秀任命为蜀郡太守，后来屡立战功，步步高升，可是他始终不忘初心，为官清廉，调离蜀郡太守任时乘的是一辆破车，只随身携带了一个布包袱。

　　张衡在祖父的影响下，从小就很懂事，学习也很刻苦。他在少年时便写得一手好文章，在家学习已经不能满足他的需求，于是在十六岁那年，他离开家乡到外地游学。他先去了当时的学术文化中心——三辅（今陕西省西安市一带），壮丽的山河和宏伟的秦汉古都遗址为他后来创作《二京赋》积累了丰富的素材。

　　后来他到东汉的都城洛阳，进入了全国最高学府——太学。太学由西汉武帝刘彻设立，是世界教育史上有确切文字记载的第一所中央直属的官立"大学"。

　　大学生涯，张衡自学《五经》，勤习六艺，其间创作了大量的诗歌、辞赋与散文，时不时还研究算学、天文、地理与机械制造，文理双开花。

张衡虽然才高八斗，但他从来不炫耀，也不傲慢，待人包容、温和。

到了汉和帝时期，学问好、出身好、品格好的"三好学生"张衡被推举去做官，可他不愿意，想先把书读好，机械、天文、阴阳、历算等学科还有很多知识等待他探索。

到了汉安帝时期，名气在外的张衡被朝廷特召进京，拜为郎中，再升任太史令。太史令掌管天文历法，相当于在气象局工作。当时的政治大环境不好，宦官把持朝政，腐败黑暗，张衡在太史令的岗位上一待就是十几年。不过他本来就无心官场，也乐得清闲，既然有大把时间，正好用来搞发明创造。

他曾经也想指点江山，激扬文字，上疏陈事，还仿照班固的《两都赋》写了文采飞扬的《二京赋》，劝谏朝廷注意宦官干政，严禁奢靡之风。可是他呐喊了半天，没起到什么作用。

罢了，罢了，改变不了环境，那就改变自己。张衡干脆全身心地投入到自然科学的研究中。他利用一切时间，研究天文历法，制作了浑天仪、指南车、模仿鸟类高空翱翔的独飞木雕和地动仪等仪器。创造性地造出了瑞轮荚与计里鼓车，瑞轮荚就是靠流水驱动的自动日历，计里鼓车相当于现在汽车上安装的里程表。

不仅在工程学上有所作为，他还创作了天文学著作《灵宪》与《浑仪图注》，数学著作《算罔论》。偶尔诗兴大发，他还写点文章，什么《归田赋》《思玄赋》都是传世名篇，与司马相如、扬雄、班固并称"汉赋四大家"。这些成就都来自他常年累月的积累知识。

朝廷调他担任河间惠王刘政的国相。那时他治下有很多豪强与流氓结成团伙，为非作歹，张衡就暗中收集黑恶势力团伙成员的姓名和相关证据，开展了一场轰轰烈烈的"扫黑除恶专项行动"，当地风气随之改变，张衡受到百姓们的称赞。

做了三年国相后，张衡无心官场，递交了辞呈，"裸辞"回家继续读书学习，一心搞发明创造。他要用自己喜欢的方式过一生。

这一生，张衡足矣！直到现在，世界各地的人还纪念他，联合国天文组织将月球背面的一个环形山命名为"张衡环形山"，太阳系中的1802号小行星被命名为"张衡星"。

快来看看浑天仪，
　　绝对的高科技。

宋鎏·历史的车轮甩不掉的人

西晋灭亡后,皇家子弟司马睿带领一帮人跑到南方建立了东晋,躲在江南享受生活。各族人在北方建立了大大小小的国家,这些权力集团相互争抢地盘,北方乱成一锅粥。

东晋建立没多少年,就被一个底层贫寒子弟刘裕灭掉,建立了刘宋朝。从此南方政权也混乱起来,谁都想分一杯羹,经历了宋、齐、梁、陈四个朝代。后来鲜卑族人拓跋珪统一了北方,建立北魏朝,结束了十六国的混乱局面。可随着时间的发展,北魏又分裂成东魏和西魏,两方谁也不服谁。

在那样混乱的年代,谁有能力,谁就能做大王。

东魏大臣高欢的儿子高洋心想:我手握天下兵马,干吗听你皇帝的?你做得我就做不得?于是他发动政变,东魏变成北齐。西魏大臣宇文泰的儿子宇文觉一看:你东魏的大臣能取代东魏,我西魏就没人站出来吗?于是他也废除西魏皇帝,自己坐上龙椅,建立北周。

没过多少年，北周的大丞相杨坚也以前辈为"榜样"，发动叛乱，灭了主子，取代北周建立隋。他很快将隋发展壮大，干脆连北齐、南朝陈国一起灭了，统一了全国。

这是在那个混乱的年代中最清晰的一条主线。

我们的主角宋繇就出生在十六国之一的前凉国。他的曾祖、祖父和父亲都在前凉国做官。宋家因为家族势力过大受到了前凉皇帝的猜忌，家族虽然还有些地位，但已经没了当年的辉煌。

宋繇立志振兴家门。他闭门读书，读得昼夜颠倒。困了就小睡一会儿，醒了又继续读，累了就眯一会儿眼睛。经过几年的苦读，他经、史、子、集无一不通，兵法、智谋无一不精，成了一位真正的"学霸"。

因为学识渊博，他被推荐到后凉国做了一个小官，干了一段时间又回到北凉国，皇帝段业让他担任散骑常侍，相当于皇帝的顾问。时间一长，宋繇发现段业能力一般且胸无大志，北凉国迟早要玩完，那他振兴家族的抱负还怎么实现？于是他又跑到同母异父的兄弟、时任敦煌太守的李暠身边。李暠自小也十分好学，他熟悉历史，且精通《孙子兵法》。此人既能吟诗作赋，又能骑马打仗，性格宽厚、谦虚。

当时朝廷有人诬陷李暠，段业准备让李暠直接"下岗"。宋繇劝李暠道："如今段业没什么能力，而且听信谗言，你辞官后是死路一条，不如自己单干。"李暠恍然大悟——打工不如创业，

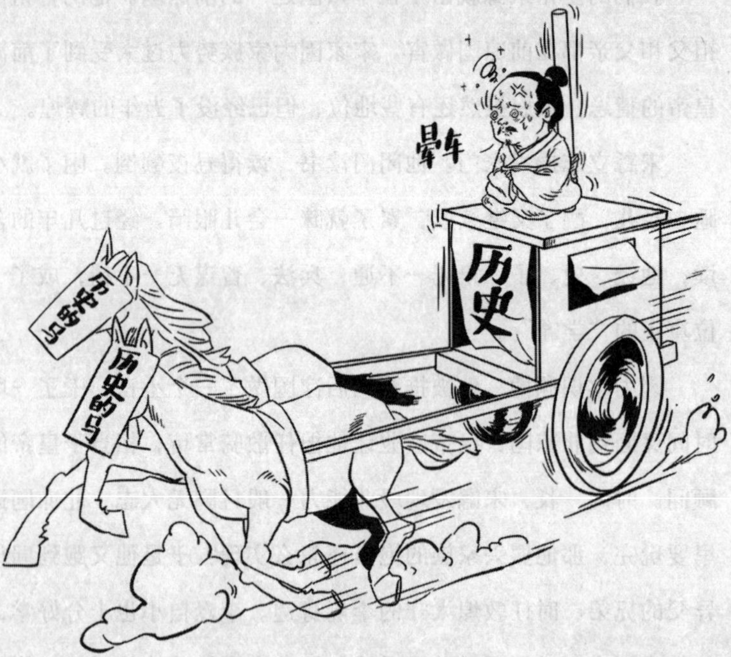
晕车
历史
历史的马
历史的马

于是他就在自己管辖的地盘上建立了西凉国。宋繇成了建国功臣，带领军队东征西讨，为西凉立下了汗马功劳。

但即使再忙再累，他也没有放弃读书的习惯，行军打仗途中也拿着书。他也特别重视读书人，每当有读书人来拜访，他都会亲自迎出来接待，从不高高在上。

李暠去世前，任用宋繇为顾命大臣，辅佐儿子李歆，掌管军国大事。宋繇不负所托，把书中学到的知识运用在治国理政上，提倡以德治国，百姓受益。他反对李歆在没有实力的情况下穷兵黩武，拳头不硬，怎能惹是生非？可惜，李歆不听劝，执意要攻打北凉，而此时北凉的皇帝段业已经被部下沮渠蒙逊杀死，取而代之，国号依然叫北凉。沮渠蒙逊也非凡人，天文地理无所不通，拥有雄才大略，又善用计谋。李歆兵败被杀。

沮渠蒙逊灭掉西凉后，发现宋繇家很奇怪——金银财宝、高档家具、美女小妾统统都没有，书倒是堆满了屋子。原来宋繇平时把所有俸禄都用来买书了。

这样的人才岂能错过？沮渠蒙逊得意地说："灭掉小小李歆并不能让我高兴，得到宋繇这样的名士才最令我高兴！"

他任命宋繇为尚书吏部郎中，负责国家官员的人事工作。宋繇手握实权，可见沮渠蒙逊对他多么信任！

沮渠蒙逊去世后，儿子沮渠牧犍却不太争气，他将北凉送给了势头正旺的北魏太武帝拓跋焘。宋繇成了亡国之臣，却没有妨碍他得到北魏皇帝的尊敬与信任，他辅助北魏皇帝治理天下，造福百姓。

宋繇历经四个国家，都得到重用，用事实证明了"学霸"到哪里都受欢迎。

祖冲之·"学霸"可以遗传吗

西晋末年至十六国时期,北方地区战乱不断。祖昌任刘宋朝的大匠卿。

大匠卿到底是什么官呢?这是管理土木工程的"肥差",祖昌的儿子祖朔之因为学识渊博,担任"奉朝请"之职,常被邀请参加皇室的典礼、宴会。

有人会问,奉朝请又是什么官职呀?是拿着俸禄不用干事的人,好比公司里不担任具体职务的股东,董事长开会的时候,有列席会议的资格,也能发表意见,平时不用工作,到了时间拎着包去开会。奉朝请就是不用干活,但是可以参加朝见的人,古时称春季的朝见为"朝",秋季的朝见为"请"。

出生在祖家的孩子,物质生活肯定是很优越的。

祖朔之的儿子是含着金汤匙出生的,拥有一辈子享不尽的荣华富贵,可是他却玩命地读书,从小就立志"专功数术,搜烁古今",要成为伟大的数学家。

爷爷给他讲工程、天文知识，父亲领他读经书典籍，他自己又特别勤奋刻苦，不光专注于算术，对自然科学、文学、哲学、天文学也产生了浓厚的兴趣。

他把从上古时起到他所处时代的各种文献、记录、资料，能搜罗到的全都拿来进行研究，反复对比。他不迷信古人，也不拘泥陈规，对古人下的结论都亲自进行精密的测量和仔细的推算。

史书记载他："亲量圭尺，躬察仪漏，目尽毫厘，心穷筹策。"

他就这样坚持了很多年，大家都知道祖家又出了一位博学之士——祖冲之。

宋孝武帝给祖冲之安排了一个很适合他的工作单位——总明观。这个名字听起来像个道观，其实是当时的科研学术机构，它不是单纯的大学，而是宋明帝在京师建康设立的集藏书、研究和教学三位一体的机构，是具备图书馆、大学、研究院三个特征的官方机构。总明观设置了文、史、儒、道、阴阳五门学科，分科教学。老师们都是各个地方有名的学者，在这里一边教学，一边开展科学研究。只可惜，到了齐朝武帝时候，总明观被废除了。

祖冲之成了一名拿着国家俸禄的"大学教授"，在这里他如同老鹰遇到了蓝天，如饥似渴地阅读了大量的藏书。他一边学习，一边研究，成了世界上第一位将圆周率值精确计算到小数点后第七位的科学家。直到十六世纪，阿拉伯数学家阿尔·卡西才打破这一纪录。

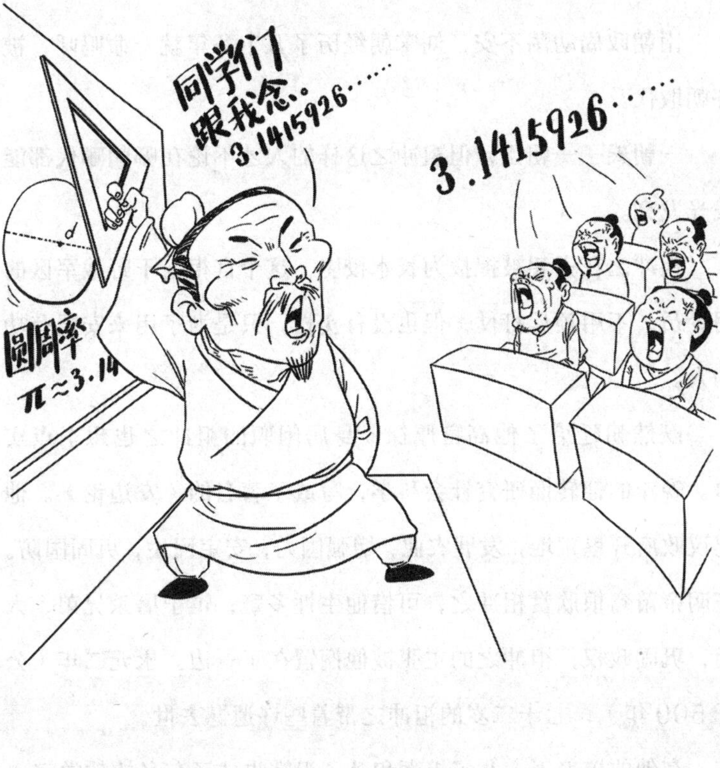

同学们
跟我念。
3.1415926……
3.1415926……
圆周率
π≈3.14
d

你以为他只有算出圆周率这一个成就吗？

他还制造出了先进的指南车，改造了一天能走百里的千里船，解放生产力的水碓磨，设计制造了计时工具漏壶。

因为前代历法有不少错误，他干脆主持新编了更为精准的《大明历》，准确区分了回归年和恒星年。

南朝政局动荡不安，刘宋朝经历了五十多年就一命呜呼，被齐朝取代。

一朝天子一朝臣，但祖冲之这样的人才不论在哪朝哪代都能发光发亮。

祖冲之在齐朝被提拔为长水校尉，这个官相当于野战军区的司令员，不用领兵打仗，但也没有实权，只是为了用来安置有功的人。

既然朝廷给了他高官厚禄，身居闲职的祖冲之也想干点实事。晚年的他转而研究社会科学，写成了著名的《安边论》。他建议政府开垦荒地，发展农业，增强国力，安定民生，巩固国防。齐明帝萧鸾很欣赏祖冲之，可惜他生性多疑，忙于屠杀兄弟、大臣，巩固政权，祖冲之的主张被他搁置在了一边。永元二年（公元 500 年），七十二岁的祖冲之带着些许遗憾去世。

在他的培养下，儿子祖暅和孙子祖皓也成了有名的数学家。

祖冲之取得这样的成绩除了天赋外，还得益于他心无旁骛的努力。持之以恒的努力才能激发一个人的所有潜力。

司马光·恐怖的床上三件套

这个小孩家里经济条件不错,读书很用功,但并不是个神童,没有哥哥弟弟们过目不忘的本领。于是每天老师讲完课后,哥哥弟弟们跑出去开开心心玩的时候,他就把自己锁在房间里,看着暂时还不能理解的文字大声朗读,一遍不行,就再来一遍,两遍不行,就三遍,直到读得烂熟于心、明白其中的意思为止。然后他合上书本,直到一字不落地背下来,才肯去睡觉。

七八岁的时候,这个小孩就能将《左氏春秋》完整地背诵下来,还能明白书中的道理;十五六岁的时候,他已经背下了家中大部分的书,成为学识渊博的人。

自律的人是最可怕的,他清楚地知道自己想要什么,并能为这个目标付出常人难以坚持的持续努力。即使做官以后,他也保持着年少时的习惯,住的地方到处都是书本,睡觉的床上只有"恐怖三件套":木板床、粗布被、圆木枕。

为何要搞个硬邦邦的圆木枕头呢?他觉得睡觉占用的时间太

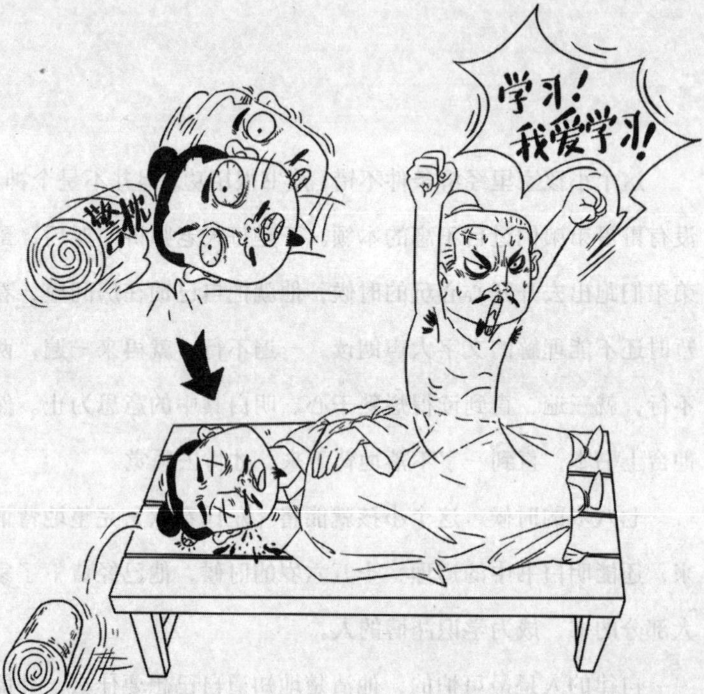
警枕
学习！
我爱学习！

多,读书做学问的时间便少了。于是,他盖着不太舒适的粗布被子,枕着圆木枕头,睡在很硬的木板床上。睡觉时,只要他身体稍微动一下,枕头就滚到地上去了,头磕到硬木床板上,疼的同时,他也从睡梦中惊醒,这样就能继续读书了。他给这个圆木起了个外号——"警枕",时时刻刻警醒自己,不忘初心。

正是有了这样的毅力,他才能在二十岁参加会试的时候,一举高中进士甲科,顺利步入官场,才能坚持十九年完成三百多万字的伟大著作——《资治通鉴》。

这个人就是司马光。由恐怖三件套还引出了一个成语"圆木警枕"(出自宋·范祖禹《司马温公布衾铭记》:以圆木为警枕,小睡则枕转而觉,乃起读书),形容一个人学习刻苦自勉。

在宋代,像司马光这样功成名就后仍过着苦行僧般生活的人很少。为了完成《资治通鉴》他用了十九年时间,从四十八岁编到六十六岁,每天不"断更",伏案破黎明,光修改稿就堆了整整两间屋子。这部书完成时,司马光视力衰退,牙齿脱落,走路颤颤巍巍。成书不到两年,他便积劳而逝。

一次,邵雍与司马光聊天,司马光问邵雍:"你觉得我是什么样的人呢?"邵雍望着满屋子的书与手稿,不吝赞美地说:"君实脚踏实地人也。"

刘恕·《资治通鉴》幕后的男人

在中国史学上"封神"的《资治通鉴》不只有司马光一个人的功劳,背后还有一个极为优秀的"学霸"团队,其中三个副主编刘恕、范祖禹、刘攽也是"学神"级别的人物,三人分工合作,各负责几个板块,最后由司马光修改润色。

这三大"学神"中最受司马光推崇、出力最多的叫刘恕。刘攽负责汉史,范祖禹负责唐史,刘恕则各个部分都要负责一些。

刘恕出生在北宋筠州高安(今江西省高安市)的书香世家,从小读书就能过目不忘。在他八岁时,家里有客人讨论起孔子,说孔子没有兄弟。小刘同学立刻反击:"你说的不对!《论语》里有一句'以其兄之子妻之',证明孔夫子有兄弟。"客人们惊呆了,八岁的小孩就对《论语》这么熟悉了,此子有前途!

虽然他天赋极高,但他明白不刻苦用功是不可能有所成就的。他对历史特别感兴趣,当时历史并不是科举考试中非常重要的部分,读书人对此并不热衷。

正好他父亲也是资深的历史爱好者，支持儿子学历史。刘恕平时在家读书总是废寝忘食，家里人喊他吃饭，他也经常不回应，直到饭菜冷掉。晚上他常常躺在床上闭目思考书本上的知识，有时为了一个问题而熬通宵。

慢慢地，刘恕对历史、地理、天文知识了若指掌，谈论起来滔滔不绝，有理有据，成了一个有名的历史专家。虽然家里藏书不少，但已经不够他读了，有些书市面上买不到，他就到别人家里去借来抄。

刘恕在宋仁宗皇祐元年参加了科举考试，轻松考取了进士。当时皇帝希望找几位考生在国子监讲课，这可是千载难逢的好机会，应聘的人挤破门槛。主考官赵周翰提出几十个关于《春秋》和《礼记》的问题，刘恕在这场考试中献上了神一般的表现，他对答如流，除了引证各家学派的观点，还提出自己创造性的见解。刘恕毫无悬念地赢得了面试第一名，而后到国子监试讲经书，又名列第一，一时间轰动京师。

这之后，刘恕当过一些地方小官，这个时候已经有人注意到了他，那就是司马光。他提拔刘恕做了著作佐郎，正式加入了编书团队。他们要用后半生编修一部跟《史记》齐名的伟大历史著作。

司马光只要遇到难以弄清楚的史实，就找"最强大脑"刘恕帮忙。上千年的正史、野史、杂记、传言等都在他的脑袋里装着，

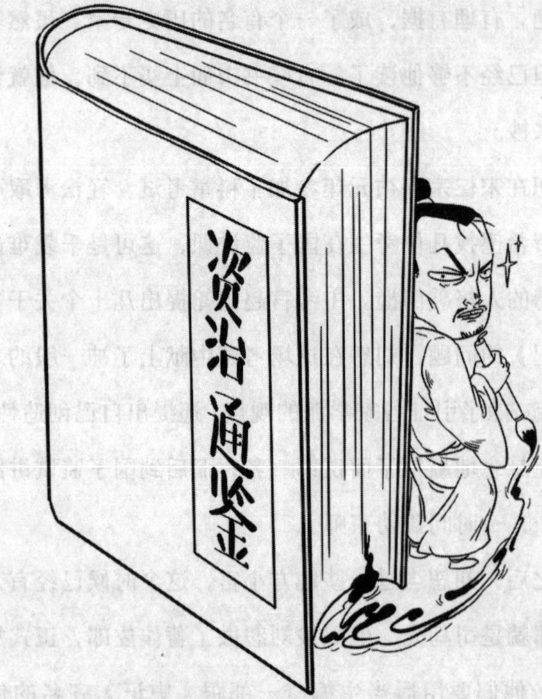
资治通鉴

几乎是有问必答。司马光感叹道:"非恕精博,他人莫能整治。"司马光知道五代十国期间的历史最难搞,索性把这段历史的编著全部交给刘恕来做,团队中的人也一致认为刘恕"功力最高"。

后来,司马光因反对王安石变法,被逐出京城,他一气之下回到洛阳隐居,专心编《资治通鉴》。

刘恕也受到牵连被贬到江西。虽然大家不能在一起工作了,但史书还得继续编啊,那时又没有电话、手机、传真机,每次遇到重大问题需要讨论时,刘恕都要跑到洛阳找司马光。在没有高铁和飞机的时代,他只能坐着马车一路颠簸。

他听说在亳州做官的朋友宋次道家有不少绝世藏书,去洛阳的途中顺便绕道跑到亳州去借阅。

有朋自远方来,不亦说乎?宋次道设宴款待他,刘恕淡淡地说:"老兄,我们之间就不用客气了,我可要在你家待一段时间啊,不是来喝酒吃饭的,而是来你这里抄书的哦。"

"跋山涉水就为抄书?那就抄吧,藏书阁随时为老兄打开。"

刘恕也不客气了,每天把自己关在藏书阁里,白天黑夜不停地抄,一直把需要的书都抄完才告别,眼睛都差点瞎掉。

刘恕一心扑在修书上,来回奔波,感染了风寒,从此卧床不起,但他依然坚持修书,在四十七岁的时候不幸离世。他去世后的第七年,《资治通鉴》正式编撰完成,朝廷追录他的功劳,他的几个儿子都得到了赏赐。

左思 / 董仲舒·
宁静的书房里，有两个笨小孩

西晋时期，有一个不太聪明的小孩，看上去有点呆呆的。他的身材比同龄人矮小，性格还很内向，在家里几乎是没什么存在感的"透明人"。

做官的父亲并不看好这个儿子，跟亲朋好友们叹惜道："唉，我这个儿子不如我小时候聪明，估计以后不会有多大出息。"

孩子听了，心里像是被两个巨大的铁锤前后碾压，喘不过气来。他想，我要是成为书中那些贤人，别人肯定会尊重我。

从此，他发奋苦读，用心钻研，逐渐成为一个学识渊博的人。

初出茅庐时，他的文章并不被当时的名家看好。著名的文学家陆机就曾讥讽过他的文章。可是他没有灰心，虽然无人喝彩，但他仍不改初心，始终坚持笨鸟先飞的方法论。他静下心来，用十年时间收集了三国时期魏、蜀、吴首都的风土、人情、物产、历史、地理等史料，经过深入的分析研究，写成一篇万字文章。

他带着这篇文章拜见当时著名的文学家张华，张华一口气读完，惊叹道："写得太棒了！"赶紧推荐给文学圈其他人。这篇文章构思精妙，文采飞扬，当时的名儒皇甫谧拍案叫绝："世上竟有如此好文章！"并亲自为文章作序。侍书郎张载、大学者刘逵分别为这篇文章作注。

这篇文章让整座洛阳城沸腾了，人们纷纷传抄诵读，一时间洛阳城的纸张供不应求。

这个笨小孩就是西晋时期的大文豪左思，那篇文章叫《三都赋》。成语"洛阳纸贵"出自此。《晋书·文苑·左思传》写道："于是豪贵之家竞相传写，洛阳为之纸贵。"

跟左思一样，西汉时也有个笨小孩。

这个孩子出身富贵之家，家里有些资产。可是他不爱"别墅"爱书房，读起书来大门不出，二门不迈，常常忘记吃饭和睡觉。

他的父亲着急了，这样下去，岂不成了书呆子？不行，不行，得赶紧想办法把他从书房里拉出来，用什么办法呢？

有了，孩子都喜欢玩，那就在书房的窗户前搞个大花园，让儿子读完书可以散散步、看看花、抓抓蝴蝶。于是他父亲派人到南方园林学习经验，购置了名贵的砖瓦木料，用钱"砌"出一座漂亮的大花园。书房前顿时绿草如茵，鸟语花香。

可是笨小孩只是呆呆地望着花园，仍不愿放下手中的书。无论兄弟姐妹如何邀请，他都不动如山，手捧竹简，钻研《春秋》。

干啥呢这是？

好！就这里。

现在的家长和手机争夺孩子。
2000年前的家长和竹简争夺孩子。

他父亲摇了摇头,看来花园还是不够漂亮,不够新奇,那就继续升级,不信这个邪!

第二年,笨小孩的父亲在花园里建起漂亮的假山,邻居们的孩子都来玩了,可是笨小孩竟然头也不抬。唉,这孩子不会读书读傻了吧?看来花园还是不够吸引人。第三年,一座精美异常的花园诞生了,方圆百里的人都慕名前来,人们啧啧称叹。

父亲前去书房邀请儿子来看他的得意之作。笨小孩其实并不笨,他明白父亲的良苦用心,终于点了点头:"我会在合适的时间去看看的。"

天哪,终于开窍了!父亲赶紧吩咐人打扫花园,准备茶点,他计划让全家人在中秋节晚上在花园赏月。可是到了中秋节那天晚上,大家左等右等不见笨小孩来,去书房也找不到。最后,大家在教书先生的家里找到他了,原来笨小孩突然碰到几个疑惑不解的问题,找老师请教去了。这就是成语"目不窥园"的来历,形容人埋头苦读,不问外事。

故事的主人公就是历史上赫赫有名的大儒董仲舒。他写出了震烁古今的《举贤良对策》,系统地提出了"天人感应""大一统"和"罢黜百家,表彰六经"的主张,受到汉武帝的重用与尊敬。

徐霞客·我的脚踏遍天南和地北

公元1587年，南直隶江阴（今江苏省江阴市）的一个富裕家庭迎来了一个新生儿。

据他们家谱记载，这个孩子的高祖徐经是江阴巨富，与唐伯虎还是好朋友，弘治十二年（公元1499年），因参加科举考试被卷入"舞弊案"而进了监狱。曾祖父徐洽分家时还得到一万多亩田产。到了他祖父徐衍芳的时候，家道已经中落。但是他父亲徐有勉是经商奇才，在兄弟们分家的时候主动要了地段不好的房产，与妻子一起艰苦创业，重新振兴了家族。

徐有勉很有个性，别人劝他有钱了买个官做，他掉头就走。他不愿为官，也不愿同权贵交往。

他平日里最喜欢带上几个家童，搞"自驾游"，到处游山玩水，偶尔还写点游记。

别看徐有勉这样，他可不是玩世不恭的人，而是饱读诗书的文人。儿子在他的影响下，自幼勤奋好学，博览群书，特别喜欢看地理、历史等方面的书籍,很早就立下了"大丈夫当朝碧海而暮苍梧"的志向。

徐有勉给儿子取了个好听的名字——徐霞客。

明清时期,无论哪个文人都不免要到科举考场被蹂躏几次。十五岁的徐霞客也曾心血来潮地参加过一回童子试,然而"学霸"不一定就是"考霸",徐霞客连秀才都没考上。

他父亲倒是看得很开,还对朋友们开玩笑说:"我这个儿子眉宇之间有仙侠之气,看来能继承我的志向,为什么一定要去追求功名利禄呢?"

徐霞客虽然考场失利,但书还要继续读,不能成为不学无术的纨绔子弟。徐霞客读书非常认真,别人问起书中的内容,他能对答如流。

读万卷书,也要行万里路。

徐霞客十九岁的时候,父亲去世,徐霞客觉得应该仗剑走天涯了,可是一个难题摆在眼前:母亲已经上了年纪,他不忍心出走。徐霞客的母亲也非常通情达理,她劝儿子说,好男儿志在四方,你想做什么,想干什么,就要马上行动。

母亲亲自给他置办行李,解决他的后顾之忧。在她八十高龄的时候,为鼓励年纪也不小的儿子坚持梦想,做出了一个惊人之举——她拄着拐杖,颤颤巍巍地和儿子走出家门,一起去看世间的繁华。

大丈夫当朝碧海而暮苍梧。

终于在二十二岁那年，徐霞客在母亲的鼓励下，开始勇敢地追寻他的梦想。他在外游历大约有二十多年时间，足迹遍布大半个中国。

他在旅行的过程中探索大自然的奥秘——对各地的山脉、水道、地质进行实地勘察。

他白天跋山涉水，晚上还要挑灯夜战。他每天都坐在微弱的油灯下"码字"，记录旅途中的趣事与考察心得，对别人书上记录有误的地方仔细纠正。

没有高铁、大巴、缆车，徐霞客仅靠两条腿走遍山川大地，其艰难可想而知。在游览广西融水县的龙洞时，徐霞客不小心掉进一个深潭中，差点被淹死。他曾经三次遇到强盗，钱财、衣物都被抢走。同伴们都劝他，回去吧，这样下去老命都没了！

徐霞客瞥了一眼没被抢走的小锄头，淡定地说："我带上这把锄头，如果我死了，你们随地挖个坑把我埋了就行。"

他在路上没食物时，就卖掉衣服、裤子、绸巾，然后换点吃的继续上路。没有什么能够阻挡，他对前方的向往。除了母亲去世，他在家守孝三年外，其余时间都在路上。他在五十一岁时踏上了最后一次旅程，前往云南。

最终，他积劳成疾，史料记载他"两足俱废"，云南当地的地方官雇人用滑竿把他送回了老家。

江阴的官员来探望他时说："你这又是何苦呢？"

他本可以凭借父辈的遗产，安稳地度过一生的。

徐霞客轻轻一笑，说道："张骞凿空，未睹昆仑；唐玄奘、元耶律楚材衔人主之命，乃得西游。吾以老布衣，孤筇双屦，穷河沙，上昆仑，历西域，题名绝国，与三人而为四，死不恨矣。"

我一介平民百姓，完成了张骞、唐玄奘、耶律楚材等人都未能完成的壮举，死而无憾啊！

明朝崇祯十四年正月，五十四岁的徐霞客病逝于家中。

《徐霞客游记》被称为"明末社会百科全书"，不仅具有科学价值，还是一部珍贵的文学名著。如今，在美国、日本、新加坡等国都建立了"徐霞客研究会"。

袁枚·清朝高端"农家乐"的创始人

黄昏时分,夕阳西下,一个眼睛里闪烁着智慧光芒的中年男子站在修了一半的园子前,陷入沉思。

前段时间,他学李白"仰天大笑出门去",潇洒地辞去了公职。他原本打算修完园子隐居起来,可突然发现,钱根本不够用啊!他为官清廉,如今的财力已不足以支撑到园子建完。

总不能园子修了一半就停下来吧?这可是他下半辈子的根据地啊!

这座园子是他在做江宁知县的时候,花几百两银子低价买来的废弃宅院,虽然价格很低,来头却不小,这是当年江宁织造曹寅的豪宅,《红楼梦》的作者曹雪芹的爷爷家。后来曹家被抄了家,这座宅子辗转到了一个叫隋赫德的官员手上,曹宅变成了"隋园"。不久隋赫德因贪污也被抄家,大宅子变成了荒园。

房子不吉利,没人愿意买。他果断出手,趁机杀价,最终以区区几百两银子购得大豪宅,改名"随园",随性而为。

那现在该怎么办呢?

他脑子里突然灵光一闪,制定了七步赚钱法。

第一步,炒作地段。他赶紧让人拆了围墙,挂上"随园免费开放,欢迎大家前往"的牌子。这毕竟是曹雪芹家的房子,太有噱头了。一时间,四面八方的游客纷纷前来"打卡"。

第二步,出租空地。他将随园空余的田地、山林、池塘租给周围的百姓,让他们种植粮食、蔬菜、瓜果、树木,充分利用闲置土地收地租,积攒资金。这样做不仅增加了园子的生活气息,还能随时提供纯天然无污染的有机绿色蔬菜,为接下来的战略做铺垫。

第三步,贩卖文化。他利用自己在文坛的名气,放下文人的清高,到处给人题词作诗,为活人写传记,为死人写墓志铭。

第一桶金到手后,他开始启动第四步计划。

第四步,开"农家乐"。他拉来江南的名厨朋友,开发他前半生想吃的各种稀奇美味的菜肴、糕点。在"随园",只有你想不到,没有你吃不到的。经过前几步的操作,"随园"已经积累了很大的"流量","农家乐"一经推出,瞬间成为江宁的"网红店"。

第五步,出版图书。他精心挑选了自己写的有趣的诗歌与文字编成自选集——《随园诗话》,还结合"农家乐"的特色菜品,写成诱人食谱——《随园食单》。两部作品很快成为当时的畅销书。

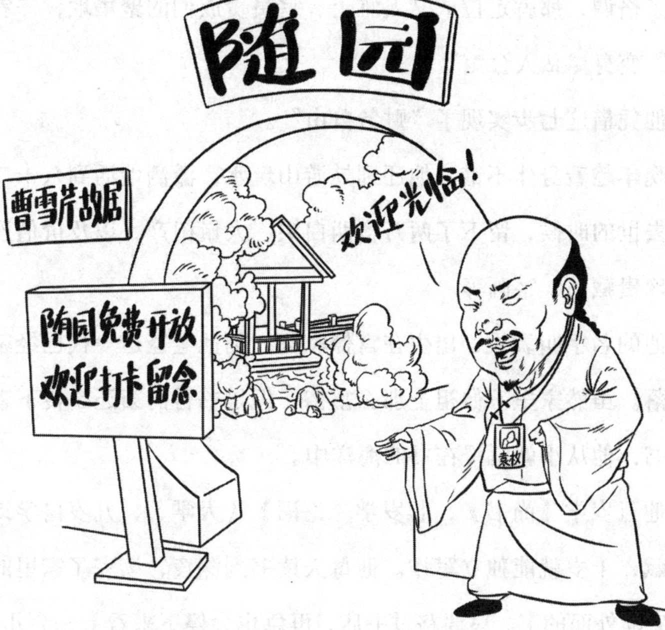
随园
曹雪芹故居
随园免费开放
欢迎打卡留念
欢迎光临!
袁枚

第六步，广收弟子。随着名气越来越大，前来拜师的人越来越多，他索性开馆授课。只要交够学费，四书五经、诗词歌赋、美食文化、人生哲理、经商智慧等课程随你点。他还冲破世俗偏见，收了很多女弟子，培养了一批才女。

第七步，高端定位。钱赚到了，园子也修好了，太嘈杂总归降低了格调，那就定位成文人雅士、官员贵族们的聚集地，"农家乐"变身"私人会馆"。

他凭借这七步实现了"财务自由"。

晚年趁着身体不错，他还到处游山玩水，潇洒地活到八十二岁。去世的时候，留下了两万多两白银、大量田产，以及价值连城的珍贵藏书、字画等。

他的名字叫袁枚，出生在官僚家庭，到他老爸这一代已经家道中落。虽然家里不像祖上那么富裕，但是书香门第还是传下来很多书，他从小就沉浸在书的海洋中。

他五岁学《尚书》，七岁学《论语》《大学》，九岁自学诗词歌赋，十岁就能独立写作。他每天读书到深夜，读完了家里的书，又读外面的书，只要路过书店，再急也会停下来看上一会儿，然后回家做摘记。遇到好书没钱买时，他做梦都在惦记着，简直到了爱书如命的地步。

二十三岁时，他考上进士，入选翰林院庶吉士，成为众人眼中的"偶像"。明清两朝会在通过科举考试的进士中挑选学问好、潜力大的人担任庶吉士,主要职责是为皇帝起草诏书,给皇帝讲解经、史、子、集。虽然庶吉士官职不大,但机会很多,只要能在任上坚持下来,进入国家权力中心不是梦想。

可惜,朝廷规定翰林院庶吉士必须要同时懂汉文和满文,才能留在中央做官。袁枚从小没学过满语,不懂满文也就罢了,他还写了些讽刺诗,这彻底断送了他的政治前途。

于是他被派到江南做了个知县,几年时间在江宁、溧水等地来回奔波,为百姓做了些实事,赢得了不错的口碑。他一边做官,一边写文章,名气越来越大。面对复杂的官场,他决定急流勇退,在不到四十岁时,他就以赡养母亲为由提交了辞呈,潇洒地逃离了官场。

从此,世间少了一位袁大人,多了一位富翁。

第六章

姐姐们的
奇幻人生

许穆夫人·老公,你不敢去,我去!

春秋时,许国后宫一扇华丽的窗户边,有位女子紧皱眉头,眼含热泪,恳求丈夫道:"大王,求您了,请您立刻发兵。"

"唉,夫人,不是我不救,是实在没那个实力。许国境况也不佳,而且朝堂上的大臣都极力反对,我也无能为力啊!"男人说话时,眼神不断地闪烁着。

女子有些失望,又有些愤怒,他怎会如此懦弱?

"再说你哥哥也是自作孽,玩物丧志,亡国也在意料之中。"男人小声地说。

"您……大王,那可是我的家乡啊,请您看在我们多年夫妻的情分上……"女人近乎哀求地说。

"这……"丈夫涨红了脸。

男人是许穆公,女子是鼎鼎大名的许穆夫人。许穆夫人的哥哥——卫国的国君卫懿公刚被狄人残忍杀害。虽然卫懿公实在太昏庸,但她不想自己的国家灭亡。

这个卫懿公的爱好有点特别——养鹤。

国君有些小爱好，下面的人自然尽量满足他。宫里的仙鹤越来越多，没有地方住了怎么办？扩建宫殿！宫殿建成以后，卫懿公安排下人将"鹤老爷"们一个个安置其中，并且按照品质、体格优劣授予这些鹤不同的官位，给它们相应的俸禄和仪仗。

卫懿公每次出游都带着规模庞大的"鹤官"队伍，鹤官按照各自的等级乘坐华丽的车子。卫懿公到处向人炫耀："看，我的鹤多漂亮啊！"

这些荒唐的举动导致卫国国库空虚，入不敷出，谁来买单？唯有百姓！卫懿公横征暴敛，让卫国人节衣缩食地供养"鹤老爷"们，百姓心中渐渐燃起了熊熊怒火。

狄人首领看到卫懿公如此昏庸，于是率领数万铁骑直奔卫国而来。卫懿公惊慌失措，卫国国防力量薄弱，只能强行征兵，拉着百姓上战场。

百姓才不会在这种关头为昏庸至此的卫懿公卖命。"大王派鹤将军去打仗吧，我们连饭都吃不饱，哪里有力气上战场呢？"

这样的卫国自然不可能抵挡狄人的铁蹄，卫懿公没来得及逃走，死在了狄人刀下。

卫懿公纵有千错万错，如今也遭了报应，但是许穆夫人不能眼睁睁地看着自己的国家就这样灭亡。

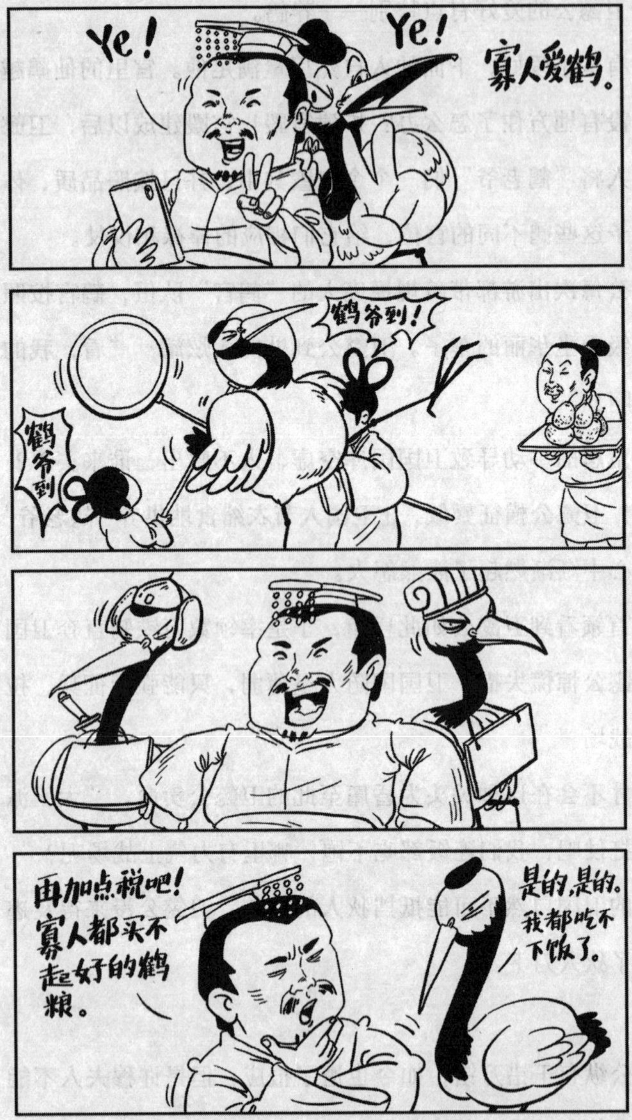
Ye！
Ye！
寡人爱鹤。
鹤爷到！
鹤爷到
再加点税吧！寡人都买不起好的鹤粮。
是的，是的。我都吃不下饭了。

许穆公含糊其辞的态度让她明白许国是不可能出兵援卫的,愤怒、悲伤、失望的情绪充斥着她的心房。当初她真不该嫁到许国,唉!

她是卫宣公儿子卫昭伯的女儿,她的母亲宣姜将貌美的基因统统遗传给了她。加上她自幼聪明伶俐,能唱歌、会作诗,还没长大,就引得各个诸侯国派使者前来提亲。

她那时想嫁到齐国,一来齐国公子小白虽然当时不是王位继承人,但他博学多才、有勇有谋;二来齐国本身很强大,又在卫国旁边,万一将来卫国有什么危险,还可以让齐国伸出援手。

可是卫懿公不答应,为什么呢?因为许国公子是将来的许国大王,人家聘礼丰厚啊,这能买多少只鹤?再看看齐国公子小白,聘礼实在寒酸了些。

"妹啊,听哥的,你嫁给许国公子。"

卫国公主的命运并不掌握在自己手中,她成了许穆夫人。

许穆公对她也是百般宠爱,但是她时常思念那个让她魂牵梦绕的故乡,写了很多思乡的诗,比如《竹竿》《泉水》等,后来都被收入《诗经》中。

想着被狄人侵占的卫国,看着丈夫懦弱无能的样子,她收起眼泪。

求人不如求己,不如我亲自为祖国奔波吧。

许穆夫人决定带着身边的几位陪嫁丫头亲自前去拯救卫国。

许国朝中大臣都极力反对,这成何体统?她去了,会直接把许国拉下水的。

许穆夫人再也不想这么窝囊地等下去,她留下一首诗,头也不回地骑着马走了。

> 载驰载驱,归唁卫侯;驱马悠悠,言至于漕。大夫跋涉,我心则忧;
> 既不我嘉,不能旋反;视尔不臧,我思不远。
> 既不我嘉,不能旋济;视尔不臧,我思不闷。
> 陟彼阿丘,言采其蝱;女子善怀,亦各有行。许人尤之,众稚且狂;
> 我行其野,芃芃其麦。控于大邦,谁因谁极;大夫君子,无我有尤。百尔所思,不如我所之。

《载驰》是诗经中的名篇,表达了许穆夫人对故国的思念和对许国众人的失望之情。

这个时候卫国跟她有血缘关系的兄弟姐妹都逃到其他国家了,有一伙卫国人在逃跑的路上拥立卫懿公的堂弟——公子申为国君,称卫戴公,几千人成立了"临时流亡政府"。

因为在逃亡,一切只能凑合。大家在一个叫漕邑的地方安营扎寨,卫戴公的"皇宫"就是一间草屋。

正在他愁眉苦脸之时,许穆夫人带着救济物品来慰问大家了。妹妹啊,你可比亲妹还亲哪!

他们又招了几千名流散的卫国人来到漕邑,一边教他们安家谋生,一边抓军事训练,很快,一支整齐有序的非正规军成立了。

可这么弱小的队伍岂能与北狄兵争锋?

她把目光转向了隔壁的齐国,此时的齐国正是小白(齐桓公)当政。对,去求他出兵!

许穆夫人安顿好漕邑的队伍,马不停蹄地赶往齐国。齐桓公看到昔日令他心动的美人,竟然为了救亡图存,单枪匹马地来到齐国,非常感动!没想到外表柔弱如水的女人如此坚毅!

况且狄兵如果真的攻占了卫国,对齐国没好处。齐桓公派出自己的儿子无亏率军前往卫国。宋国、许国也跟随齐国相继投入战斗,共同打退了狄兵,收复了卫国失地。

逃亡过程中受了惊吓的卫戴公不久便病死了,逃到齐国的公子毁回国继承王位,他就是卫文公。从此,卫国国祚又延续了几百年,许穆夫人功不可没。

班婕妤·任尔东西南北风，我自岿然不动

　　漫天星空下，深宫高墙中，一位气质非凡的女子拿出一把精美的团扇，落寞地在院中徘徊。她想起之前受宠时的种种风光，那时年少有为的皇帝对她一见钟情，把她宠上了天，恨不得无时无刻不跟她在一起。可现在……

　　团扇啊，团扇，夏天一过，你就要被丢到箱子里了。她写下了那首哀怨悲伤的《团扇歌》（也叫《怨歌行》）：

　　　　新裂齐纨素，皎洁如霜雪。
　　　　裁作合欢扇，团团似明月。
　　　　出入君怀袖，动摇微风发。
　　　　常恐秋节至，凉意夺炎热。
　　　　弃捐箧笥中，恩情中道绝。

　　我也曾有白如霜雪的皮肤，有婀娜多姿的身材，出口成章的

才华，备受皇帝恩宠。可如今，皇上移情别恋，我好比这团扇，到了秋天，就被搁置在箱子里。

团扇出现在西汉时期，又称绢宫扇、合欢扇，是当时后宫女人们的小饰品，因为这首诗的出现，便有了"秋凉团扇"的典故。

这位写诗的才女就是班婕妤。她出身显赫，父亲班况在汉武帝时率军抗击匈奴，驰骋疆场，曾立下汗马功劳，被封为左曹越骑校尉。她从小聪明伶俐，不爱打扮爱读书，阅遍家中藏书，吟诗作赋不在话下，历史典故信手拈来，是名副其实的才女。

汉成帝刘骜即位，班婕妤被选入皇宫。她刚开始为少使，是宫中的低级女官。她也不悲伤，反正一入皇宫深似海，读书能解万般愁，每天就安静地读书、写字。

有一天，汉成帝在宫里闲逛的时候，远远地看到一个美丽又娴静的女子，她的气质与众不同，汉成帝惊为天人。

汉成帝召见了班氏，赐封为"婕妤"。"婕妤"是什么意思？大臣职位有高低，后宫嫔妃也有等级高低，不同的品级有不同待遇。西汉宫中的嫔妃名号分为昭仪、婕妤、娙娥、容华、美人、八子、充衣、七子、良人、长使、少使、五官、顺常、舞涓十四个等级，婕妤的地位仅次于皇后和昭仪，汉成帝对班婕妤的喜爱由此可见一斑。班婕妤很快为皇帝生下皇子，不幸的是，孩子没几个月就夭折了，她第一次体会到刻骨铭心的痛是什么滋味，好在汉成帝特别关心疼爱她，减轻了她的悲伤。

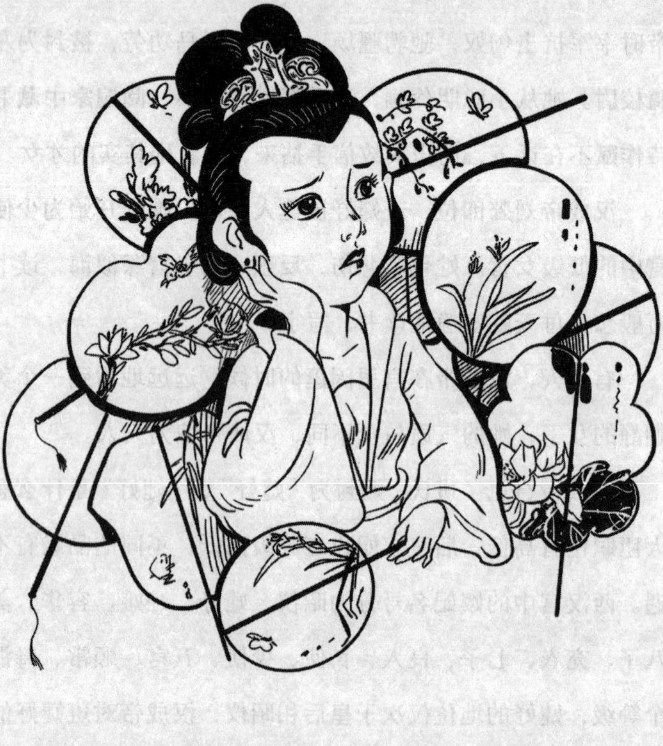

汉成帝为了能每时每刻都跟班婕妤在一起，想命人造一辆很大的辇车，方便跟心爱的女人一起出游。熟读史书的班婕妤冷静地拒绝了，她说："古代圣贤之君都有名臣在侧，亡国之君都要美人作陪，夏桀有妹喜，商纣有妲己，周幽王有褒姒，最后都落到亡国的下场。我如果和您同车出进，那就跟她们一样了，这能不令人警惕吗？"

汉成帝心里有些失落，不过年轻的他也想有所作为，于是打消了同车出游的想法。

皇太后王政君听闻此事，对班婕妤的做法非常欣赏，对左右亲近的人说："古有樊姬，今有班婕妤。"樊姬贤惠能干，曾辅佐楚庄王成为"春秋五霸"之一，王太后把班婕妤与她并列，对她评价很高。皇帝喜欢，太后称赞，一时间班婕妤风光无限，但她却始终保持清醒的头脑，从不恃宠而骄，对人宽厚仁爱，也不跟许皇后争宠争权，皇后对她也很敬重。

她想用自己的言行影响皇帝，希望他能成为一代明君。

可是她高估了丈夫的能力与决心，一对来自民间的姐妹搅乱了皇帝的内心，也搅翻了后宫的宁静。

她们就是赵飞燕、赵合德。

人到中年的汉成帝微服出游到阳阿公主府，看到了府中的歌女赵飞燕，那魔鬼般的身材、飞仙般的舞姿直接勾走了他的魂儿。他将赵飞燕带回宫中，夜夜缠绵。听说赵飞燕的妹妹更漂亮，又下令宣赵合德进宫，一时间将班婕妤忘到了九霄云外，专宠赵氏姐妹，懒理政务。

赵飞燕、赵合德没读过什么书，不可能劝诫皇帝收敛。她们恃宠而骄、飞扬跋扈，一心铲除异己，甚至想做皇后。

这遭到了许皇后的痛恨：想我出身名门，父亲许嘉乃是大司马、车骑将军，一个小小的民间歌女竟然想抢我的位子？许皇后气不过，冲动之下竟想出一个愚蠢的办法：在寝宫中设置神坛，嘴里反复念咒语，诅咒赵氏姐妹不得好死，这就是在民间流行的巫蛊。巫蛊术起源于远古时期，古人认为诅咒能使仇敌遭到祸害。

世界上没有不透风的墙，事情很快被赵氏姐妹知道，这还得了？于是两个人轮流给皇帝吹枕边风。

赵氏姐妹想借机把对她们有威胁的女人一网打尽，其中也包括失宠的班婕妤。汉成帝一怒之下废了许皇后，将她打入冷宫，可是他对知书达理的班婕妤参与这件事不太相信，亲自召见班婕妤询问。

班婕妤不愧是"学霸"，她从容应对道："我自幼饱读诗书，知道人的寿命长短是命中注定的，人的贫富也是上天注定的，并不是能随意改变的。做善事尚且不能得到福分，做坏事就能得到好报吗？如果鬼神上天有知，怎么会听信巫蛊的祈祷？如果神明无知，诅咒又有什么用？我没做这样的事，更不屑做！"

汉成帝哑口无言，念及旧情，不再追究，还大大赏赐了班婕妤，以弥补心中的愧疚。

在"学霸"班婕妤面前，赵氏姐妹就是小儿科。

熟读史书的班婕妤明白，在争权夺利的后宫中，只有急流勇退，才能明哲保身，否则下场可能会像戚夫人一样。聪明绝顶的她上了一篇奏章，要求前往长信宫侍奉非常不喜欢赵氏姐妹的王太后。大树底下好乘凉，以后看谁敢轻易诬陷她？

从此深宫高墙，犹如牢狱，每天只能空对月。班婕妤写诗作赋，抒发心情，留下很多诗篇，如《团扇歌》《自悼赋》《捣素赋》等。

不久，赵飞燕被册封为皇后，赵合德也成了昭仪，两姐妹风光无限。可好景不长，汉成帝因为纵欲过度，累死在赵合德的床上。赵合德引起朝廷上下公愤，被逼自杀。没过几年，赵飞燕也被贬为庶人，自杀身亡。

汉成帝死后，班婕妤知道宫中肯定会有一番血雨腥风，步入晚年的她懒得理会是是非非，主动要求到成帝陵守墓，大概一年后，她就病逝了。

班婕妤的家族成员基本都是"学霸"，兄弟有班伯、班游、班稚等，班稚的儿子是班彪，班彪又生下儿子班固、女儿班昭，都是东汉著名的史学家。

马皇后·此马皇后非彼马皇后

马氏是东汉开国功臣伏波将军马援的小女儿,父亲战死沙场,哥哥因病去世,母亲蔺夫人因丈夫、儿子相继离开,过度伤心而死。这样的童年造就了马氏稳重与坚毅的性格,十岁的马氏像成年人一样料理家事,里里外外打理得井井有条。

光武帝刘秀念及大将军马援的战功,将十三岁的马氏选入太子宫,让皇后阴丽华亲自照顾。马氏很有学习天赋,而且很懂事,皇宫里上上下下的人都喜欢她。太子刘庄很想成为他父亲光武帝那样的明君,也希望能娶到像他母亲阴丽华那样的女人。等到光武帝驾崩,汉明帝刘庄即位,便立了马氏为贵人。后来官员们上奏要确定皇后的人选,皇太后阴丽华说:"马贵人的德行在后宫当中是数第一的,就立她吧。"马氏又成了皇后。

马氏成为皇后后,更加谦恭谨慎。她认真学习《易经》《春秋》《楚辞》《周礼》等著作,从不沉迷打扮、涂脂抹粉,常常穿着没有任何装饰的粗布衣服。后宫的妃子和公主们都以为马皇后那身粗布衣服是什么罕见的布料,皇后怎么可能穿奴婢的衣服呢?

结果大家发现皇后身上穿的真是粗布!众人都不解。马皇后不好意思地解释道:"这种布料适合染色,所以我才穿的。"大家都暗自钦佩马皇后的勤俭。

马皇后不仅有德,更有才。汉明帝下朝之后,曾向皇后请教朝堂上难以解决的事情,没想到马皇后对答如流、分析透彻,还能提出切实有效的解决方案,为汉明帝提供了很多帮助。但是她从来不主动参与政治,皇帝不主动提起,马皇后绝不插嘴。她不光在事业上能够辅佐丈夫,在感情生活上,也从不胡搅蛮缠、争风吃醋。马皇后感叹汉明帝的儿子不多,自己又没法生育,怕刘家的香火不旺,对得到皇帝宠爱的人,她想方设法提高对方的待遇。

马氏同父异母的姐姐的女儿贾氏被选入后宫,生了个儿子叫刘炟,汉明帝同情马氏不能生育,就让她来负责养育刘炟。马氏视刘炟如亲生的一般悉心教导,把刘炟培养成了一个孝顺、敦厚的接班人。汉明帝去世后,汉章帝刘炟即位,马皇后变成了皇太后。按照惯例,老皇帝的妃子们都要搬到南宫居住,腾出地方给新皇帝的女人们,待遇不可同日而语。马太后于心不忍,赐给那些年老的妃子们很多钱财布帛,让她们安心地享受晚年。

按理说,成为太后了,总该放松放松了吧,可是马太后依然谨小慎微,如履薄冰,从来不为自己的家人捞好处。汉章帝想给几个舅舅加官进爵，马太后坚决不允许。

第二年夏天，天下大旱，很多大臣私下议论是因为没有封赏外戚的缘故，有些官员上奏汉章帝，认为应该遵守以前的制度，刻意破坏旧制度，会让老天震怒的，您看吧，天下大旱了。

可能有朋友会不理解，这些官员真会东拉西扯，大旱跟外戚有什么关系？其实这里面大有文章，原因有二。

一是很多想往上爬的人，想找个理由讨好权贵阶层。如果在他们的力挺下，外戚封了爵，那就等于站好了队，有了靠山，升官发财是迟早的事，封赏外戚最终的目的就是封赏自己。所以古代很多大臣热衷于推选太子、皇后。

二是有些权贵不好直接向皇帝提出要求，只能借助别人的嘴。你总不能直接跑到皇帝那里说："请您给我封赏吧！不然老天会发怒的！"于是那些别有用心的人就会派上用场，在皇帝面前帮人摇旗呐喊。

马太后何其精明，自然知道其中缘由，特意下诏通告群臣："所有议论封赏外戚的人，不过是想献媚讨好我，以求得私利罢了。以前汉成帝给王太后的五个弟弟在同一天封侯，结果怎么样呢？黄雾弥漫，天下的灾情反而更严重了。以前的外戚田蚡、窦婴等人倚仗皇帝对他们的宠爱，横行霸道，结果怎么样呢？身死族灭。先皇在的时候，就严格约束外戚，不让他们担任重要的官职，就算先皇的亲生儿子，也只分封到一些小的地方。现在有些官员凭什么想要外戚得到封赏呢?

"我作为皇太后,也时常约束自己,穿着粗布衣服,吃着普通饭菜,身边的随从人员也没有艳丽的衣物。我就是想通过这样的做法为下面的人做表率。本以为外戚们看到这种情况会加强自我约束,可有人竟然笑话我这个老太婆太过简朴。以前外戚们来看望我的时候,排场相当大,车如流水,马如游龙,他们的奴仆穿的衣服都把我的那些随从狠狠地比下去了。我那个时候并没有发怒谴责他们,只是断了那些人一年的费用,希望他们以后做事更谨慎些,做人更自律些,现在看来他们并未悔改。我怎么能改变先帝的旨意,损害马氏祖先的良好德行,不吸取前朝教训,重蹈覆辙呢?"

这番话引经据典,有理有据,不怒而威,断了所有人的歪念头。

马太后会经常赏赐外戚中有朴素品行的人,严厉斥责行为不端、行事高调的亲戚,将那些乘好车、穿华服但不守法的人统统遣回乡下种田。在她的影响下,外戚们行事谨慎,严于律己。

马太后始终严于律己,宽以待人,赢得了三任皇帝(汉光武帝、汉明帝、汉章帝)的尊敬与信任。她虽然有政治才能,但她从不主动过问政事,平常只是带带孙子,整理记录先皇的日常言行,最终写成了一本很有价值的书——《显宗起居注》。她不经意地开创了一种新的史书体例——起居注。后世有专人从事帝王起居注的编撰，隋唐时便有了"起居舍人""起居郎"等官职。

只可惜她死的时候只有四十多岁，谥号明德皇后。"明德"二字，足以反映出马氏在人们心中的地位。

真帅!

哎,皇帝好帅呀!对了,今天皇帝穿啥衣服来着?

秦良玉·我守护大明，可谁来守护我呢？

"报告大王，在石砫（今重庆市石柱土家族自治县）的那个老太婆就是不肯投降。"

属下的报告让沉浸在刚刚做皇帝的喜悦中的张献忠愤怒不已，他狠狠地拍了一下龙椅的扶手，随即又陷入了沉思。

那个老太婆肯定是上天派来惩罚我的。

"算了，由她去吧！"一向杀人不眨眼的张献忠无奈地叹了一口气。

公元1644年，闯王李自成率军攻入京城，做了皇帝，一时间各地有实力的人纷纷效仿自封皇帝。张献忠在这样的背景下建立了大西政权，在成都做了皇帝。四川、贵州官员见风使舵，笑呵呵地迎接张皇帝。

可有一个快七十岁的老太太不肯投降，还作了一篇《固守石砫檄文》表决心。老娘在石砫不走了，你敢来，我就敢打！

一想到这位老太太，张献忠就头痛。

很多石砫周边的老百姓都纷纷跑到这位老太太的辖区避难，这里管吃、管喝，还管住。

安顿好百姓之后，老太太环顾四周，除了孙子，她已经没有别的亲人了，丈夫被害去世，两个哥哥和一个弟弟先后战死，儿子和儿媳战死。满门忠烈，她也该歇歇了。

明朝末年，四川忠州（今重庆市忠县），有一个苗族小女孩出生了，秦葵看着可爱的女儿，笑得眼睛都眯成了一条缝。秦葵为女儿取名"秦良玉"。秦葵是个很有见识的读书人，如今朝廷腐败横行，官员忙着争权夺利，皇帝沉迷吃喝玩乐，百姓流离失所，到处压抑着怒火，他预感到社会即将动荡起来。于是除了教孩子们读书识字外，他还教他们演练阵法，舞枪弄棒，骑马射箭，将来即使不能建功立业，也能保护自己和家人。

令他意外的是，女儿的文韬武略远远超过了她的两个哥哥。秦良玉从小尽显"学霸"本色，不仅聪明伶俐，而且勤奋刻苦。《明史》记载她："文翰得风流，兵剑谙神韵。"秦葵感叹道："你哥哥和弟弟都不及你，可惜你不是男儿身，否则日后定能建功立业、封侯拜相。"

"谁说女子就不能建功立业？平阳公主和冼夫人不就是以女子之身建立了丰功伟业吗？"小秦良玉反问道。

秦葵激动不已，他仿佛看到了女儿光明的未来。

谁说女子就不能建功立业。

秦良玉长大后看中了东汉伏波将军马援的后代——石砫宣抚使马千乘，此人低调谦虚，且能征善战。

马千乘得此妻如虎添翼，两人打造出明朝末年一支威震天下的部队——白杆兵。这是一支在山地作战有优势的特殊部队。

万历二十七年（公元1599年），播州（今贵州省遵义市）世袭土司杨应龙在播州发动叛乱，当地官府被打得落花流水。朝廷任命李化龙总督川、湖、贵三省军队，分八路大军进攻杨应龙，在朝鲜战场上立过战功的马千乘也率白杆兵出征，秦良玉还亲自带领五百人押送粮草，夫妻一齐上阵。

总督李化龙觉得八路大军打一个小小的土司，绝对可以轻松拿下。他大摆宴席，准备吃饱喝足后再一举拿下杨应龙。结果杨应龙在八路大军嘴巴抹油、喝酒唱歌时突然偷袭，打得李化龙变成了虫。

早在一旁冷静观察的秦良玉与丈夫马千乘终于出手了，杨应龙没想到敌军竟还有这样一支骁勇的部队，赶忙组织撤退。

秦良玉夫妻二人率领白杆兵连克敌人多个营寨，生擒守将。白杆兵的反击鼓舞了其余部队，李化龙乘机大破杨应龙的叛军。战后，李化龙给秦良玉颁发了一枚银牌，上面刻着"女中丈夫"四个大字。秦良玉一战成名，成为西南地区家喻户晓的"女明星"。

在夫妻俩的努力下，石砫地区成了风雨飘摇中的大明王朝的安宁世界，很多百姓慕名而来，在这里安居乐业，马千乘与秦良玉这对恩爱的小夫妻成了大家的"守护神"。

没想到，美好的生活却被一个心理阴暗的人破坏了。

既然石砫这么好，想必油水少不了。朝廷派太监邱乘云来监军，这对于大部分太监来说是一个捞油水的好机会。那时马千乘中了暑疫，没有招待好邱乘云。邱乘云脸色铁青，心中咒骂："你是什么东西？以为打几次胜仗就了不起吗？我捏死你就跟捏死只蚂蚁一样！走着瞧！"

王朝的灭亡一般都是从放纵小人开始的。邱乘云回去后便编造理由诬陷马千乘，说马千乘拥兵自重，不把朝廷放在眼里。

马千乘因此入狱。因为在狱中得不到治疗，最终病死狱中。

朝廷保留了马千乘石砫宣抚史的世袭职位，由于马千乘的儿子马祥麟年纪还小，就让秦良玉继任了丈夫的职位。

秦良玉悲痛欲绝，但她对大明王朝仍是忠心耿耿。她依然为大明王朝四处征战，成了朝廷的一柄利刃。在抗击努尔哈赤的后金军时，秦良玉的哥哥战死，弟弟受伤。

到崇祯皇帝继位时，大明王朝已经摇摇欲坠。第二年，东北方向，皇太极即位，国号"大清"。他率军进入中原，一路杀得明军胆战心惊，纷纷跑路。

值此危急关头，秦良玉奉召进京勤王。朝廷已经给不出军饷，怎么办？变卖家产！她拿出家中资产充作军饷，带着白杆兵加入了勤王大军，为国家冲锋陷阵。

皇太极没能一鼓作气取得胜利，遂弃城而去。此役过后，崇祯帝在平台亲自接见秦良玉，并作诗四首，表彰秦良玉的功绩，赏赐钱粮美酒，封一品夫人，加封太子少保，挂镇东将军印。镇东将军为四镇将军之一，主要任务是讨伐叛军、镇守四方。

可惜安稳的日子没过几年，清军卷土重来，农民起义也点燃大地。张献忠、罗汝才等人趁天下大乱，从陕西进入四川烧杀抢掠，攻陷夔州（今重庆市奉节县）。秦良玉为了保卫家乡，和儿子马祥麟前后夹击，打得张献忠丢盔弃甲，被迫接受朝廷招安。

没过几年，不甘心的张献忠再次联合罗汝才叛乱。罗汝才攻打夔州，秦良玉率军抗击，一路斩杀多名敌将，最后直接夺取了罗汝才的帅旗。

天下大乱，白杆兵独木难支。明朝仿佛一块烂肉，从上到下长满蛆虫。在平定叛乱的过程中，秦良玉的弟弟、儿子、儿媳、侄子先后战死，当初的白杆兵也逐渐势弱，伴随着明朝的灭亡，她也到了风烛残年。

南明政府加封她为忠贞侯，但国破家亡的她累了。她无力改变局势，只想在生命的最后几年，守护好她守护一生的石砫。

清朝顺治五年，七十五岁的秦良玉闭上了疲倦的眼睛，寿终而死。她成为中国历史上唯一一位凭战功封侯，载入正史将相列传的女将军。

王贞仪·一道炫目的科学之光

时隔两百多年,国内外还在以各种方式来纪念一个女人,一个在科学领域中做出巨大贡献的女人。世界最权威的科学学术期刊《自然》将她选入"为科学发展奠定基础的女性科学家"之列。国际天文学联合会行星系统命名工作组,就以她的名字命名在金星上新发现的环形山。

在闭关锁国的清朝,有一位很早就睁眼看世界的女人,如果不是一场大病夺走了她年轻的生命,也许她会做出更多惊天动地的事情。

她就是清朝女科学家王贞仪。

乾隆年间,王贞仪出生在江宁。她的祖父王者辅曾任宣化知府,他不爱文学爱算术,藏书丰富,是王贞仪的数学启蒙老师。父亲王锡琛不爱八股,爱医学,科举没考中,索性直接做了救死扶伤的医生,他成了王贞仪医学的指导老师。

十一岁时,王贞仪跟随祖母为祖父奔丧,借机阅读到祖父大量的藏书，又同父亲去北京、陕西、湖北、广东和安徽等地游览名胜古迹，接触大自然。她如饥似渴地学习着。

在那个时代，女孩子识字就为了嫁个好人家。王贞仪与众不同，作长诗《题女中大夫图》，写下"足行万里书万卷，常拟雄心似丈夫"的豪言壮语。

当时已经有国外的科学书通过各种途径传到了中国，并被翻译成汉语。有少数人明白了地球是圆的、月食是一种自然现象……只不过文人们忙着考八股，没人重视学习自然科学，知道地球是圆的能考中科举做大官吗？

但王贞仪觉得有用，她开始废寝忘食地学习科学、搞科研，没有书中提到的科学仪器，她就自己造。有一段时间，她关紧门窗躲在屋里进行天文实验，喊她吃饭的母亲在房门外等了好久，不见女儿出来。母亲好奇地从门缝里张望，哎哟！

只见桌子上有盏灯悬挂在房梁上，像小太阳一样，下面还有张小小的圆桌，女儿手里拿着镜子，一边移动，一边观察，一边记录。母亲纳闷，这是干什么？她不知道，王贞仪正在研究月食等天文现象。不久后，著名的《月食解》横空出世。

这篇文章详细生动地阐述了月食和月望等知识，深入浅出地说明了月亮的阴晴圆缺。这是世界上第一份完整讲述日月食成因的科普文章，王贞仪还充分发挥其绘画才能，给文章配图，让人一看就懂。

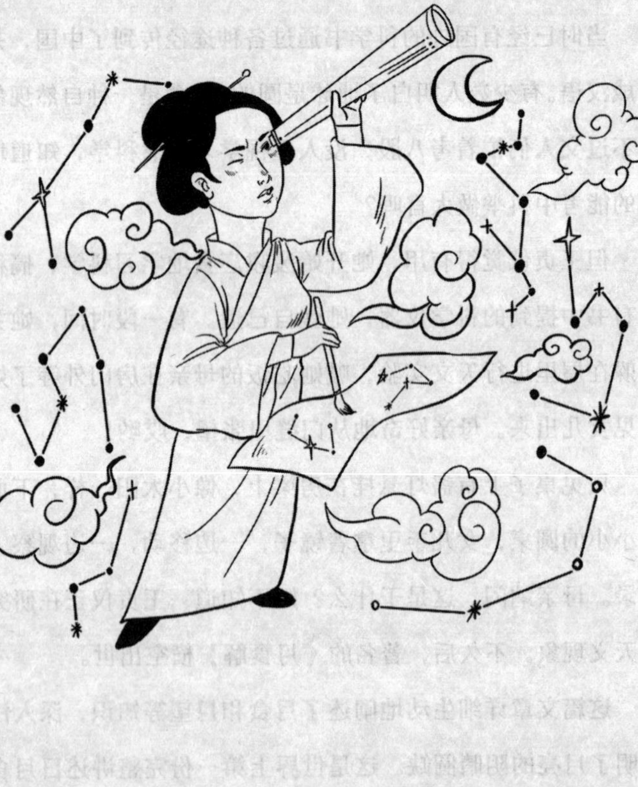

这一年，王贞仪二十岁。

当时的社会没人重视这种文章。如果你把天的事情说得太科学，那皇权天授的说法就会遭到质疑了。

面对众人的不解和嘲笑，她在著作《葬经辟异序》和写给她父亲的一封信里明确表示，利用天文搞风水迷信完全是骗人的鬼话，并写下一句诗："始信须眉等巾帼，谁言儿女不英雄。"

你们笑你们的，我搞我的。

她继续阅读大量中外天文著作，长年坚持夜观天象，既有理论知识，又有数据资料，还积极宣传"日心说"。在《地圆论》中，她生动地解释了当时人们提出的，站在圆形地球"边缘"和下半球的人为什么不会倾斜和摔倒的问题。

除了天文，她受祖父的影响，还精通数学。她吸收了当时流行的梅文鼎等数学流派，并与西方数学流派的算术法则相结合，改进算术，化繁为简，写了一系列高质量的科普书籍：《勾股三角解》《历算简存》《筹算易知》《象数窥余》《西洋筹算增删》等，让大家都能将数学看得懂、用得好。

王贞仪对天文、数学、气象、地理、医学、文学等方面都有研究，写了很多科普类的书籍。二十五岁时，她嫁给了安徽宣城秀才詹枚，婚后夫妻感情和睦，丈夫也很支持她的事业。

只可惜天妒英才，二十九岁的王贞仪大病一场，她在临终前嘱咐丈夫与好友，将自己多年的研究心血与科普著作印刷出版，以备后人学习。遗憾的是，丈夫的家人怕这些颠覆人们认知的书印刷出来会招来灾祸，因此，王贞仪的书被烧掉一部分、藏起来一部分，最终只刊印了一小部分。

清代著名学者钱大昕称她"班昭之后，一人而已"。

第七章

要学就学万人敌

额勒登保·《三国演义》还可以这么读

乾隆年间,大将海兰察注意到身边有一名侍卫,此人打仗不怕死,冲锋陷阵,屡立战功,被授予"巴图鲁(勇士)"的光荣称号。但是他率领队伍、运筹帷幄还差点意思,得点拨点拨他。

一天,海兰察叫来这位"巴图鲁",说:"你小子是可造之才,但得读些兵法,我这里有一本好书,你拿去好好研究研究。"

这不是满文版的《三国演义》吗?之前听过一些,但没有仔细读过。"巴图鲁"看着已经被领导海兰察翻得有点烂的书,如获至宝。

领导说好,那肯定好!

他利用一切空闲的时间,如饥似渴地读起来,越读越觉得有趣。有意思,真有意思!仗还可以这么打?不出几个月,记忆超群的他已经把《三国演义》的内容烂熟于心。

海兰察听说后很高兴,他把"巴图鲁"叫来,想考考他。

吕布火烧濮阳和诸葛亮火烧新野,为何结果不一样?黄忠驻兵于山斩了夏侯渊，马谡驻兵同样的地方，怎么退不了司马懿呢？司马懿那么厉害，为什么不能识破诸葛亮的空城计呢？

"巴图鲁"听着领导的问题，张大嘴巴呆在原地。

海兰察笑着说："看来你读书只顾看热闹，没看出门道。读书时一定要注意推敲里面的细节，再结合你平时的战斗经验，悟出一些实用的东西来。"

"巴图鲁"挠了挠头，不好意思地笑了，表示一定好好重新读。

这回他读书的速度放慢了，光是赤壁之战就反复读了六七遍，每个故事他都认真推敲，结合自己的实战经验，得到了很多军事上的启发。

过了一段时间，海兰察又来考他了。"出其不意，攻其不备"是什么意思？"避实击虚，因敌制胜"在书中是怎么体现的呢？你觉得身为主将，最不能做的、最不容易做的又是什么呢？

"巴图鲁"从容应答，把兵法与书中的战例结合起来，讲得头头是道。海兰察对他的表现很满意，士别三日，当刮目相看。

海兰察又继续鼓励他道："善用人者不以言，善用兵者不在书，马谡之所以失败，是他只知道生搬硬套，不能活学活用，读书多了反而成了负担。"

"巴图鲁"非常感激领导的指点，他将学到的知识融会贯通，为实践做准备。

看这真有用吗？

当年太祖皇帝都看这个学打仗的。你爱看不看。

机会来了。

廓尔喀（今尼泊尔）受西藏喇嘛沙玛尔巴唆使，找了个借口入侵西藏。乾隆五十六年（公元1791年），海兰察率军反击。海兰察先派出"巴图鲁"率三千人做先锋，攻克要塞擦木。面对地势险要、易守难攻的擦木，"巴图鲁"想起《三国演义》里的故事，决定来个声东击西，半路伏击。不料对方守军也不是等闲之辈，尝过几次被伏击的苦，痛定思痛，来了一个将计就计，让"巴图鲁"吃了一个反伏击，差点丢了性命。

战后，老领导海兰察并未怪罪他，而是给他又上了一课。"巴图鲁"垂丧着头把这次的设想、经过仔细说了一遍，还是没想到问题出在哪里。

海兰察告诉他："兵法说，凡用计之难不在首次，而在第二次，知己知彼，百战不殆。你没有摸清对方的底细，他已经吃了几次被伏击的亏了，还会再吃吗？"

"巴图鲁"直冒冷汗，看来自己的"修为"还是太浅，还得认真研读兵法。

事后，他又主动请战攻打擦木，灵活运用《三国演义》中的战法，七战七捷。反击廓尔喀战役结束后，"巴图鲁"变成了大功臣。

他就是清朝有名的将领额勒登保。

战后，他又结合廓尔喀作战过程中正反两方面的经验，继续读《三国演义》，以期得到更多的启发。他醒来就读，睡前也读，书被他翻得更烂了。

后来他又参与大大小小的战斗，屡立战功，晋升三等公爵，被乾隆、嘉庆两位皇帝重用。

额勒登保不是天资聪颖的人，他的战争经验是在实践和阅读的过程中慢慢总结出来的。天赋奇才的人很少，但只要端正态度，坚持学习，人人都有机会成为"学霸"。

狄青·只会打架是做不了将军的

公元1040年,北宋经常遭到西夏骚扰。西北前线急需守将,于是范仲淹被紧急调往西北担任边防主帅。他是个文武双全的人,到西北后他立刻勘查地形,明确了"积极防御"的方针。他一边主持修筑城寨、训练军队等工作,一边物色可以为己所用的人才。

最好的防御就是进攻,进攻必须先选良将。但良将都是千里挑一的人才,哪能那么容易找到呢?

"报告大人,尹洙求见!"

"尹洙?莫非他有好消息?请他进来!"范仲淹曾拜托部将尹洙留意边关的将帅人才。尹洙是有真才实学的军事理论家,写了《叙燕》《息戍》《兵制》等文章。但他毕竟是文人,不擅长骑马冲锋。

"大人,好消息,好消息,我找到良将了。"尹洙满脸兴奋地进来了。

"哦?是什么样的人?"

尹洙说起了一个年轻人。

他绝对是一个狠人。年少时因和同乡打架,把别人打成了伤残人士,他自己也被官府逮捕入狱,脸上被刺了字,注销了户口,发配充军。他的脸上从此留下了终身标志。

没想到少年到了军营,像鱼儿遇到了大河。他很快适应了这里的生活,并学会了骑射的本领。他打架的本领有了可以充分发挥的地方,冲锋的时候,他带头;失败的时候,他断后。他参加了大大小小二十多场战斗,身负七八处箭伤。

而且此人曾带领士兵成功偷袭西夏后方,焚烧敌人数万石粮食,还俘虏了五千多人。有一次,他虽然受了伤,但听说西夏军攻来,立刻像弹簧一样从床上跳起来,拿起铁枪直接冲上前去,士兵们深受鼓舞,也抄起武器跟他冲了上去。反倒是西夏人先怕了,主动撤退。

此人打仗前必先戴上一个铜制面具,披散着头发,如同恶鬼一般,敌人看着都害怕,望风披靡。

"哈哈,有意思,你赶紧让他过来。"听完"狠人"的故事,范仲淹对这个年轻人产生了兴趣。

那个年轻人叫狄青。

范仲淹提拔狄青当了副将,但他发现狄青虽然勇武,肚中却没什么文墨,更不擅长兵法,所以准备好好敲打敲打他。一天早上,狄青在后花园练武,长枪大刀舞得虎虎生风,范仲淹叫道:

"好,好!"

满头大汗的狄青见领导来了,忙躬身施礼,说:"末将献丑了,请大人指点!"

范仲淹拍拍狄青的肩膀,语重心长地说:"将不知古今,匹夫之勇,不足尚也。我这里有《左氏春秋》《汉书》等兵法书,你拿去好好研究。"

狄青心悦诚服地点点头,他知道范仲淹是在培养他的军事才能,而且范仲淹的大名他也早就知道,范大人可是那时被众人追捧的"偶像"啊!

范仲淹的母亲叫谢氏。她身世坎坷,饱尝酸辛,把希望寄托在儿子身上。范仲淹七岁时,谢氏教他识字。母子俩买不起笔墨纸张,只得在地上用树枝练习写字。范仲淹十岁时才入私塾读书。谢氏以孟母为榜样,悉心教导儿子,范仲淹以颜回为榜样,发愤读书。

范仲淹曾在继父朋友的引荐下,在邹平(今山东省滨州市邹平县)醴泉寺读书。醴泉寺地处群山环抱之中,环境幽雅,是一处理想的读书之地。寺内住持慧通大师学问精深,对范仲淹疼爱有加,给他讲授《易经》《左传》《战国策》《史记》等书。但寺里的小和尚们常常吵闹,为躲避寺内的喧嚣,范仲淹找到寺南一处僻静的山洞读书。为方便读书,他支起锅灶,自己烧饭。为了节约不多的口粮,他要控制好每天的米量。晚上量好米,添好水，在小灶里点燃山里拾来的木柴，一边读书，一边煮粥。等一锅米粥煮好，已经到了半夜，他这才穿着衣服睡去。

第二天清早起来，锅里的米粥凉透，凝固成一块。他拿出小刀，把凝固的粥块分成四块。早晨吃两块，傍晚吃两块，一日两餐便解决了，这便是"划粥"的由来。

天天吃白粥，没菜也不行啊，小菜在哪里呢？寺院周围的山里，生长着野韭菜、野葱、野蒜、野山芹，还有苦菜、荠菜、蒲公英等十几种可以吃的野菜。范仲淹白天去山洞读书时，顺便拔几株野菜回来，切成碎末，加入盐搅拌一下，一顿大自然馈赠的小菜便搞定了。

这样吃饭省时、省力、省钱。在醴泉寺读书的三年，范仲淹基本过着"划粥断齑"的清苦自律的生活。"划粥断齑"这个成语，特指范仲淹在醴泉寺清贫刻苦的少年时代。

范仲淹在醴泉寺的积累，让他成了一个文武双全的大家，成为一个时代的"偶像"。

有这样的人点拨，狄青岂能不听？

从此以后，狄青一有闲余，就翻阅史书，研读兵法，把秦汉以来的兵法背得滚瓜烂熟，在打仗中边学边用，他由一个"无谋匹夫"成长为军事专家。

有一次战斗时，他传令军中休息十日。敌方的探子将这一情况汇报给自己首领，对方以为宋军不会马上来攻。没想到第二天，狄青派出骑兵，经过一天一夜的长途奔袭，出现在措手不及的敌军面前，使对方大败溃逃。

狄青多次建立战功，闻名天下，西夏人甚至给他起了一个名字——"狄天使"，形容他在战场上如天神下凡般，不可阻挡。

宋仁宗亲自接见了他，看到他脸上刺的字，说道："你已经是地位显赫的大将军了，朕可以特赐你用敷药的方式除掉刺字。"

狄青却淡定地摇了摇头，说："陛下不嫌弃我出身低微，论功行赏把我提到这么高的位置，末将感激不尽。至于这些黑字，我想留着，士兵们看到它们，就知道上进了！"

宋仁宗听罢更加喜欢狄青了，他提升狄青为枢密副使，曾经打架斗殴的"小混混"，如今也是北宋军事系统数一数二的人物了。勇猛好斗给了他谋生的手段，而在范仲淹的提点下，他开始学习，才有了出人头地的机会。

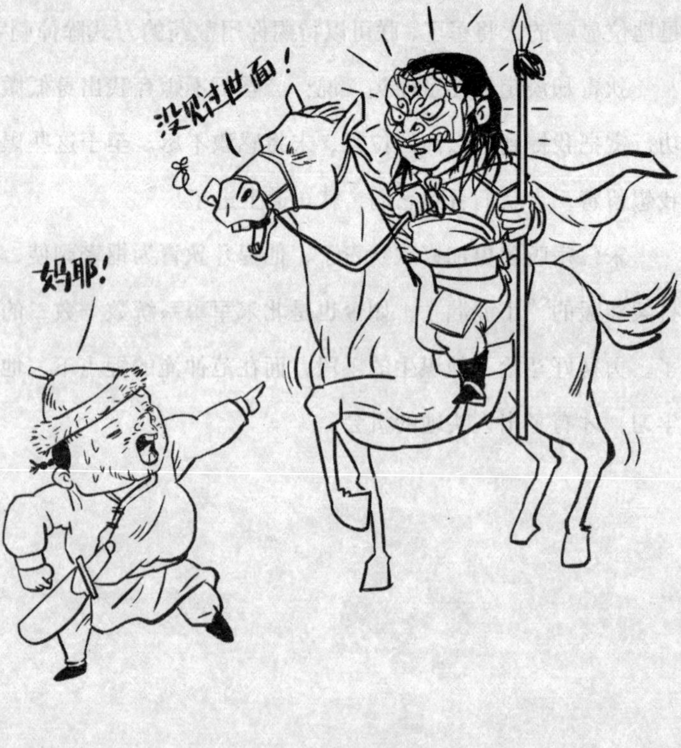
没见过世面！
妈耶！

种世衡·边陲小城的守护者

"我要溪边那块田！"

"那我要东头的那块地！"

"田地你们要了，祖宅总是我的了吧？"

几个兄弟及他们的老婆都在为分家产争吵着，只有一个人默默地坐在旁边，手里拿着一本书津津有味地看着。

"喂，世衡，我们都分完了，你要什么呢？"大哥走到看书的兄弟面前，不好意思地问道，刚才分家好像把他给忘了。

"哦，你们把家里的藏书留给我就可以了。"他说话的时候依然盯着书本，没抬头。

北宋的时候，随着造纸和印刷技术的进步，书已经算不上是奢侈品了。自认为占到便宜的兄弟、嫂嫂、弟媳们都满意地点头，家里的书都给你。

这个人的名字叫种世衡。

他痴迷于读书，不想把时间浪费在争夺蝇头小利上。长大后，他成为一个学富五车的人，被人推荐做了官。

在地方为官时，他充分发挥了从书本中学来的本领。

担任渑池县（在今河南省三门峡市）知县时，县里的山上有座旧庙，残破不堪，他想开展旧庙改造工程，打造新地标。原本工程进行得很顺利，最后却遇到一个难题：新做的大梁太大太重，那个时候又没有吊车，工人们搬不到山上去。

咋办？多雇人得增加预算，县里财政吃紧哪！停止不修，岂不浪费先前已经投入的成本？

种世衡眉头一皱，计上心来，借力用力。他挑选了手下一批"肌肉猛男"，命令他们剃光头发，打扮成"相扑"的模样。日本的相扑运动是从中国学去的，起源于春秋时期，宋朝是中国"相扑"运动的巅峰期，各种表演赛很多，从皇帝到百姓都喜欢观看。

种世衡让这些假相扑选手排成队在街上走，并四处张贴广告——后天新庙里有精彩的相扑表演啊，免费观看，不要门票！

到了表演的日子，来了不少来看热闹的老百姓，种世衡站在高处对大家说："各位乡亲父老，今天是新庙上梁的好日子，请大家一起帮忙把梁木抬到山上，好不好？抬的人肯定会获得佛祖的保佑！"

好！百姓们兴奋地高喊，反正都要上山，帮佛祖个忙，不过举手之劳而已。

在一片欢呼声中，房梁被轻松地搬到了山上。"假相扑"们开始了表演,观者尽兴而归。

种世衡辗转在各地做官,政绩一直都很优秀。

当时西夏在李元昊的带领下强势崛起,经常骚扰宋朝臣民。范仲淹被朝廷委以重任,前往边关,维护西北稳定。

种世衡在范仲淹手下担任中下级军官。一开始范仲淹想毕其功于一役,一次性打怕西夏,没想到却连续吃了败仗。种世衡上前线亲自观察地形后,给范仲淹建议:在延州(今陕西省延安市)东北两百里有废弃的城池——宽州,可以在这里修建一座城池,作为抵御西夏的第一道防线。往西可以保护延州,向东可以接应河东的粮草,向北还可以威胁到西夏的银州、夏州。

范仲淹一看,好方案!当即提拔种世衡,让他负责新城的建造,要钱给钱,要人给人。

种世衡刚开始干就遇到一个大问题,西北缺水啊,找不到水源,新城早晚要荒废。种世衡见多识广,地上没水,地下肯定有。他下令打井,可是第一口井挖了五十多米都没见水,还挖到了一块大石头。

工匠们泄气地说:"这里肯定没有水!"

"继续,挖穿石头,肯定有水!每凿出一筐石头,赏钱一百!"

大家拼命挖,竟真的挖穿了石头,地下水喷涌而出。

紧接着,城里又陆续打了几口井,饮水问题迎刃而解。这

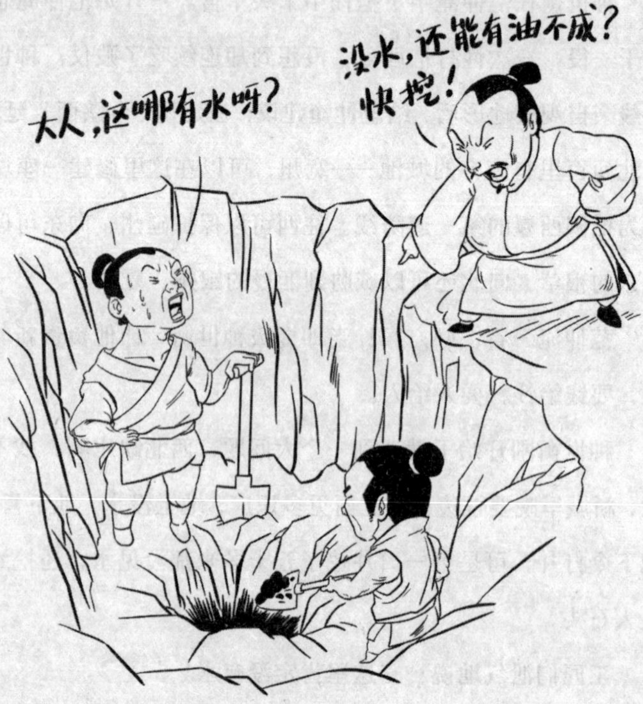
大人，这哪有水呀？
没水，还能有油不成？快挖！

个故事在北宋被传成了佳话,朝廷也给这座城起了一个诗意的名字——青涧城。

其间,也有西夏的军队来骚扰建城,种世衡就边建边打,竟没有延误,建成了这座意义非凡的前线城市。

接下来,种世衡又在青涧城周围开垦大量田地,并吸引各地商人来青涧城做买卖,一座西北边陲的小城渐渐繁荣起来了。

种世衡成了守卫边境的将军,他不仅要抓青涧城的经济建设,更要打造一支能征善战的边军。他重视军事训练,体恤下属,对士兵家属的关怀也是无微不至。下属们都忠心跟随他。

为了更好地打击李元昊,种世衡利用苦肉计成功地安插大量间谍打入西夏国的内部进行潜伏。

有一次,他恶狠狠地打骂帐下一位将领,听着那将领杀猪似的惨叫声,大家都以为两人之间有什么深仇大恨。

后来,这位将领投奔到西夏,受到李元昊的重用,混入了最高军事机关枢密院工作。一年后,那人又跑回了大宋,带来大量宝贵的军事情报。

他后来又使用离间计成功借刀杀人,使多疑的李元昊杀死了西夏两位大将——野利刚浪棱、野利遇乞两兄弟,这让西夏的军事实力受到重创。

种世衡给西北带来了繁荣与安定,他的名声越来越大,很受当地少数民族的崇拜。当时环州(今甘肃省庆阳市)羌族首领暗中与西夏来往，为了拉拢羌族，范仲淹奏请宋仁宗调种世衡担任环州知州。

有个少数民族部落首领叫牛奴讹，天性高傲，他从来不去拜见当地官员。听说种世衡任环州知州，竟破天荒地去迎接。为了表示诚意，种世衡与牛奴讹约定，明天亲自去部落回访。"偶像"能光临，牛奴讹自然激动不已。可是当天晚上下大雪，积雪已没过人腿。属下们都劝种世衡："您还是别去了，路上太危险了。"

种世衡却坚持要去，说："这怎么行？我怎能失信于人？"

牛奴讹本以为这种大雪天气，种大将军是不会来了。等种世衡拨开积雪到达时，他吓了一大跳，继而感动得热泪盈眶，说："以前就算天气好的时候，也没当官的敢来这里，您是第一个把我当兄弟的人！"从此听从种世衡的调遣。

种世衡在环州还训练了一批弓箭手，成为北宋在西北的一支战斗力很强的特种部队。

他死后，当地少数民族的首领每天早晚都来哀悼他，青涧城和环州百姓们也痛哭不已，用各种方式纪念他。

他的后代们都扎根在西北，世代保卫西北边疆，人称"种家军"。

王竑·该出手时就出手，一声吼来皇帝抖

王竑的祖上曾跟随明太祖朱元璋打天下，后来得罪了疑心很重的朱元璋，全家被贬到甘肃充军。小时候的王竑在老师周璠的严厉指导下，经、史、子、集、骑马打猎、野外侦察等都样样精通，属于"德智体"全面发展。

王竑从小就性情刚烈。有一天他读书读到岳飞被奸臣秦桧害死，气得他一掌将书桌拍成两半。

他二十多岁时参加科举考试，以第五名的成绩考中，从此进入中央。当时宦官王振专权，刚正不阿的王竑很难得到王振党羽的认可，所以被派去做观政，属于实习岗位。王竑实习了整整七年，朝廷才给他封了个七品户科给事中，负责审批有关财税方面的政令。

正统十四年（公元1449年），蒙古瓦剌部领袖也先率军进攻明朝边境，明英宗朱祁镇在大太监王振的鼓动下，心血来潮，决定御驾亲征，结果皇帝成了俘虏，明朝军队精锐尽失。这就是

历史上著名的土木堡之变。

大明江山岌岌可危，京城里乱作一团。大明王朝怎能受得了如此奇耻大辱？文臣们早就对一手遮天的太监王振看不顺眼，大家聚在朝堂之上，向当时负责监国的郕王朱祁钰冒死进谏，要求诛杀王振及其党羽。明朝的文臣大多敢说敢做，他们带着火药，如果朝廷不惩处王振，他们就点燃火药，大家同归于尽。

朱祁钰一时拿不定主意。大臣们越说越激动，你一言我一语，矛头直指王振。再想起被俘的天子，大家越说越伤心，朝堂上顿时哭声一片。

锦衣卫指挥使马顺是王振的"死党"，平时耀武扬威惯了，看到群情激奋的朝堂，他站出来大声呵斥："你们在这里哭什么！喊什么！不怕死吗？"

王竑突然站起身来，眼睛里放出两道冷光，手掌变成钢爪，如同雄鹰展翅般一把抓住马顺的头发，管你是几品高手，给马顺疾风骤雨地来了一顿暴打。那可是锦衣卫指挥使啊！是锦衣卫的一把手！马顺没想到读书人竟然殴打自己，被这突如其来的一幕惊呆了，他正要反抗的时候，王竑竟突然死死地咬住马顺的大脸，然后从嘴巴里吐出鲜红的肉，大声叫道："马顺，你以前依靠奸臣王振作威作福，现在到了这种地步，你还不知道害怕吗？！"

群臣看到王竑的举动也惊呆了，此刻缓过神来。我们还这里哭爹骂娘有什么用？君子动口更要动手，上！

群臣郁积在胸中的怨气统统化作连环拳、无影脚。你一拳，我一脚，打得武功高强的锦衣卫指挥使毫无招架之力，一会儿就不动弹了。

殴打没有停止，王振的几个党羽也被活活打死。

朱祁钰吓坏了。平时养尊处优的他，哪里见过如此血腥的场面，比战场还恐怖啊，吓得他往外跑。

兵部尚书于谦看朱祁钰要跑，这哪成，国不可一日无君，再说如果让别人当了皇帝，这帮在朝堂斗殴的文臣估计都要去陪马顺了。

于谦上前拦住朱祁钰，大声说道："殿下，马顺是王振余党，其罪当诛，请殿下下令百官无罪！"不下令无罪行吗？自己白嫩的脸真有可能被咬下一块肉啊，朱祁钰赶紧下令逮捕王振及其党羽，同时嘉奖百官的义举。

朱祁钰在惶恐中登基了，成为明朝第七位皇帝——明代宗。

在众目睽睽之下，率先动手打死锦衣卫一把手，肯定要受到处罚。王竑知道自己摊上大事了，也没打算侥幸活下去，能除掉朝廷奸党，他已感欣慰。他叫来妻子儿女，托付了后事，然后昂首挺胸进宫受死。从惊吓中回过神来的朱祁钰一来需要安抚人心，二来他也看到了王竑的忠诚和勇气，再说法不责众，大家都动手了，谁知道是谁打死马顺的？于是没有追究王竑的责任。

王竑一战成名。于谦看到他不仅胆量过人，写的文章也很有

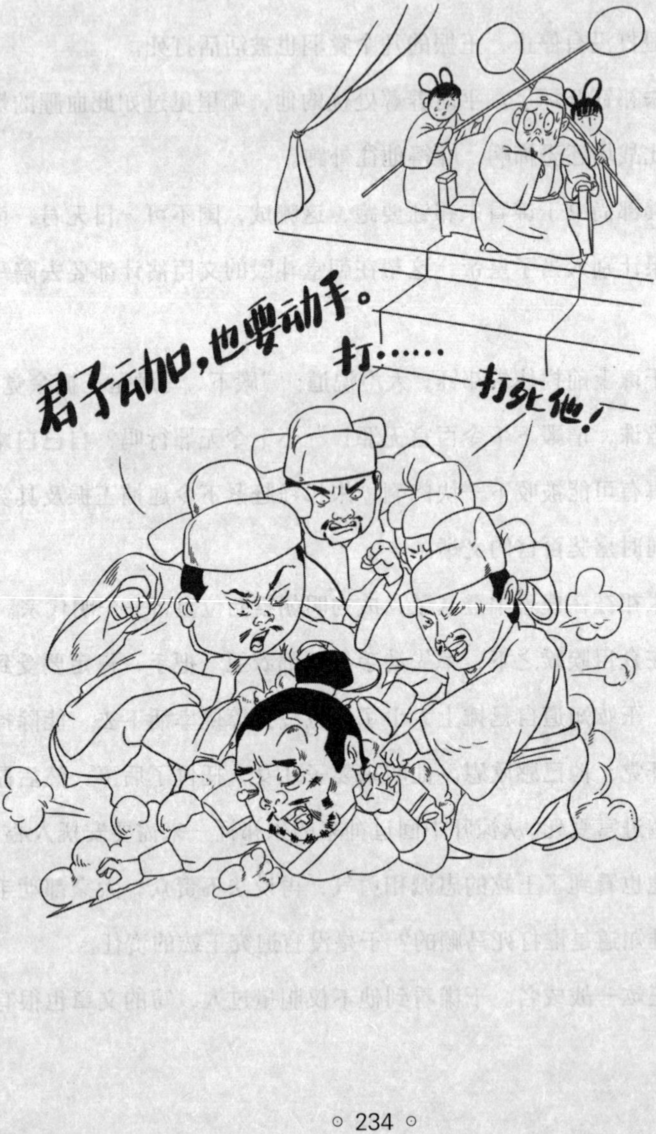
君子动口，也要动手。
打……
打死他！

见地，就奏请皇帝将他连升三级，成为紫禁城北门提督，跟自己一起共同抵御兵临城下的瓦剌大军。

朝廷有这么多勇敢的大臣，还有什么可怕的？

于谦和主战派官员组织的京师保卫战，最终取得了胜利，风雨飘摇的大明王朝总算安定下来了。

京师保卫战的胜利让全国上下一片欢腾，王竑却上奏：瓦剌虽然战败，但实力不减，随时可能反攻，必须要立刻整顿防务，不能松懈。皇帝见他如此缜密，如此细心，让他以文臣的身份成为戍边大将，镇守居庸关。王竑到任后，并没有急着操练士兵，而是从腐败问题开刀，整顿军纪。他知道堡垒最容易从内部被攻破，贪污腐败会让能征善战的士兵们失去斗志。

他先在军中展开"审计风云"。从小博学多才的王竑做起这项工作来得心应手，他的"火眼金睛"揪出了一连串腐败分子。军中的"大老虎""小苍蝇"都成了王竑的刀下之鬼，他的铁腕政策给边军带来了强大的战斗力。据说瓦剌军知道是王竑镇守居庸关，竟不敢靠近，看来王竑在那个时代也算是"凶名远播"了。

江南发生水灾，因为中央可用的钱粮全部用于抗击外敌了，没钱赈灾。而且漕运盐政从上到下早就烂到了根里，国家的大量税收流进个人腰包。非常时期需非常之人，皇帝与于谦都想到了一个"狠人"——王竑。

国家没钱没粮，怎么赈灾？那就出狠招。王竑见情况紧急，不待朝廷同意，便开仓赈济，周边的百姓都跑过来，瞬间仓米就不够了。目前只有徐州广运仓还有储粮，眼看百姓越来越多，不妥善安置，激起民变就不好收场了。王竑想打开广运仓，掌管仓库的太监强烈反对。王竑大声喝道："如果你不听，激起民变，我就杀了你，然后自己向朝廷请死。"

太监知道王竑的"光辉战绩"，吓得瑟瑟发抖。锦衣卫指挥使他都敢打死，何况是我？还是答应了吧！官家粮仓全都打开了，私人粮仓也在朝廷的鼓励下打开了。王竑用雷霆手段救活了一百多万灾民，当地民谣称颂道："生我者父母，救我者王竑。"

大明王朝在于谦与王竑这样的能臣的治理下进入了短暂的辉煌。

后世有人评价说，明朝能从土木堡之战的重创中恢复过来，甚至在天顺年间出现"保泰持盈"的盛世，王竑功不可没。

但天有不测风云。

被朱祁钰囚禁在南宫的明英宗朱祁镇在大将石亨、政客徐有贞、太监曹吉祥等人的拥戴下发动夺门之变，上演南宫复辟，于谦被杀，王竑的人生迎来最冷的冬天。但是这些人查不到他贪污腐败、结党营私的证据。查来查去，除了性情刚烈、忠诚敢言之外，也没什么"缺点"，那把他怎么办呢？总不能刚复辟，杀了于谦，又杀王竑吧？这样会激化朝臣的情绪。

明英宗干脆打发王竑到江夏做个小官。

王竑走了，北方边防有所松懈，继瓦剌之后崛起的鞑靼人经常来骚扰边境。明英宗寝食难安，在瓦剌俘虏营内的悲惨往事时刻浮现在他的眼前，不会又被打败成了俘虏吧？

　　怎么办？

　　还是启用王竑吧。

　　后来，明英宗过世，成化皇帝朱见深登基，升任镇守边关的王竑为兵部尚书。王竑的政治生命又焕发了第二次青春，他在新的岗位上继续整顿国防，严打军队腐败的同时，还注重发掘与选拔人才。名将韩雍就是经王竑举荐，被认命为右佥都御史，率军平定了藤峡盗乱。后来王竑因为与内阁首辅不和而辞官回家。在动不动就被杀头的明朝，王竑以七十五岁高龄终老在家，已经算是非常成功的了。

徐光启·明朝的达芬奇

正月，寒风凛冽，宁远（今辽宁省兴城市）城头，十一门葡萄牙大炮张开了黑洞洞的嘴巴，用不了多久，这玩意儿就会让城下的努尔哈赤怀疑人生。

"准备好了吗？"在这之前，主帅袁崇焕一边加固城池，一边焦急地等待这些红衣大炮就绪，今天他要让不可一世的后金军尝尝"飞一般的感觉"。

"准备好了！"一个叫罗立的军人答道，他是袁崇焕从福建招募来的专业炮手。

"开炮！"

一声令下，地动山摇。

努尔哈赤摸着满是汗的额头，嘴巴张得很大，眼睁睁地看着炮弹坠落在人群中，泥土翻上了天，散开了花。

举着坚固盾牌、勇往直前的后金军被炸得鬼哭狼嚎，努尔哈赤命令大军赶紧撤退。

有人认为努尔哈赤是被红衣大炮击毙的；也有历史学家认为努尔哈赤是在"滑铁卢"（宁远之战）后积郁而死的；还有人认为他是在炮击中负伤，不治身亡的。

总之，在努尔哈赤人生的最后一段时间，红衣大炮成了他的梦魇。

明军取得了宁远之战的胜利，这场意义非凡的胜利让大明举国欢庆，袁崇焕一跃成为全民"偶像"。

但是在这场战争背后，有个关键人物被忽略了，没有他也就没有西洋大炮。

他是个怪人，靠八股文进入了明朝的官场，却取了个英文名，信了天主教，是个"非主流"的文人。他撇开诗词歌赋，去研究农业、天文、数学几何等学科，还把自己的心得写成了书，成了这几个领域的专家。面对外敌入侵，他又写军事论文，得到了朝廷赏识，任命他当了部队的训练总监，"学霸"成了将军。他从来自西方的传教士口中得知西洋大炮的威力，据说射程能达到十五里，炮弹所击之处，天崩地裂，是战争的"大杀器"。

他听罢立刻给在朝廷工部监理军需的李之藻写信，让他务必尽快购买这种神奇的大炮。李之藻是他的好朋友，自然明白大炮的重要性。

朝廷迅速集资，从葡萄牙人手中重金购得四门西洋大炮。在亲自见识到大炮的威力后，他们啧啧称赞："好东西啊，有了它，看还有谁敢来攻打我们？"

李之藻叹息道："好是好，就是太贵了，关键是有钱还买不到。"

怪人说："这也不难办，你奏请朝廷批准我们自己造！"

你会？！

不会可以慢慢摸索嘛！他从西方传教士那里要来西洋炮的制作图纸，与李之藻一同率领"研发"团队日夜钻研，竟真的造出一批大炮。这些炮弹辅助袁崇焕击败了"常胜将军"努尔哈赤。

这个怪人叫徐光启，是一位超级"学霸"。

他出生在明末上海一个并不富裕的小商人家庭中，从小除了读书，还得干点种田挖地的活儿。他在二十岁左右通过县里的考试，成了秀才，拿到了"科举考试准考证"，但后面参加了几次乡试都没考中。为了养家糊口，他只能外出教书，在广东韶州（今广东省韶关市及周边）教书时结识了意大利传教士郭居静，让他看到了中国之外的世界。

明清时期，大家普遍认为不被八股文"蹂躏"的文人不是好文人，徐光启为了能取得一官半职，养家糊口，也加入了被"蹂躏"的大部队。三十五岁的他又参加了乡试，这次考了第一名，他兴致勃勃地乘胜追击，参加了中央级别的考试，得了七个字的评语：哪儿来，回哪儿去。

于是他又辗转各地教书，在南京认识了对他影响很大的意大利传教士利玛窦,此人和郭居静也是好朋友。两人谈天说地成了知己,徐光启加入了天主教,取了个外国名字叫保禄。

四十二岁的徐光启再次参加中央会试,这次终于考中了。他进了翰林院做了一个小官。当时明朝已经奄奄一息,朝政腐败,贪官横行,他的才能无处施展。徐光启索性调转方向,搞起科学研究,结果在这个领域大有作为。

有一次,他和利玛窦闲聊,利玛窦对他说古代希腊数学家欧几里得有一本拉丁文数学著作在欧洲影响深远,可惜很难译成汉语。徐光启听了,马上接下翻译的工作,好东西就该和华夏子孙分享。

说干就干,两人分工合作,利玛窦讲述,徐光启笔译。这本书翻译得很成功,就是那本著名的《几何原本》,我们今天所说的几何的中文名就来自于此,它引入了点、线、直线、曲线、平行线、角、直角、锐角等数学概念。这本书于1607年在北京印刷发行。只可惜在明清两朝,没人重视几何学,直到二十世纪初,初等几何才成为学校正式的科目,而在学生的教材中,就有徐光启翻译的《几何原本》。

后来徐光启的父亲在北京去世,他回乡丁忧守制。丁忧期间,徐光启写了数学专著《测量法义》《测量异同》,顺便还在老家开辟菜园,搞了一个影响后世的栽种实验。

他从福建的朋友那里得到了一种高产农作物——甘薯。这种植物原本只生长在热带,一旦在中国本土种植成功,经常遭遇饥荒的老百姓就有希望了。徐光启日夜研究、尝试,终于让甘薯在中国的土地上成功结出了果实。徐光启把种植心得编成科学种植小册子,发给乡邻,教大家种植。甘薯种植技术就这样推广开来,养活了一大批人。他顺便还将研究成果写成《甘薯疏》《芜菁疏》《吉贝疏》《种棉花法》和《代园种竹图说》,成了农业专家。

丁忧结束回到中央后,朝廷钦天监(职能为观察天象、推算节气、制定历法)推算日食不准,博学多才的徐光启奉命去搞天文学。在这段时间他又撰写了《简平仪说》《平浑图说》《日晷图说》和《夜晷图说》,为后面编写《崇祯历书》打下了基础。

因为跟掌权的大臣政见不合,一气之下他跑到天津去做官,懒得跟你烦!当时的官场贪污腐败问题严重,军粮供应困难,百姓生活更是艰苦。他重操旧业,经过认真研究,利用地窖保温技术成功将甘薯引进到寒冷的北方。他又结合这段时间的实践,撰写了《宜垦令》《农书草稿》《北耕录》等书。

如果不是一场战争狠狠地冲击了大明王朝,估计徐光启会在改善民生的道路上一直走下去。

明朝万历四十七年(公元1619年),努尔哈赤在萨尔浒(今辽宁省抚顺市大伙房水库附近)大败明朝几十万精锐部队。

耻辱啊!强悍的大明王朝怎么会如此不堪一击?全国上下议论纷纷。

几何魔头
快现身!

"愤青"只是喊喊口号，然后该干吗还干吗。徐光启不一样，他早就开始睁眼看世界了。他非常清楚训练新兵与引进先进武器的重要性。

徐光启用了三个月的时间对萨尔浒战斗的前因后果做了全方位的了解与分析，写了一系列奏章，提出选练新兵、引进武器的主张。

原本不问政事的万历皇帝被努尔哈赤打急了，连连赞叹徐光启是个热心朝政的好同志，他让徐光启总理练兵事务，主抓明军的军事训练。

徐光启首先推广戚继光的练兵法，兵在精不在多，要练就练"特种兵"。他对临时凑合起来的七千名士兵逐一考核，从里面选出一千九百人为一等兵和二等兵，又选出两千一百人搞后勤，其余三千多人"光荣退伍"。然后又到各地挑选身体、意志、品质都达到要求的人编入队伍。徐光启不仅训练士兵的体魄，还抓思想工作，带出了一支战斗力极强的队伍。

有了兵，还得有炮，未来的战争打的是尖端科技战。

他曾不断上疏希望朝廷能引进火炮制造技术。在督练新兵的时候，他从澳门聘请了二十几名葡萄牙籍军械师，负责教授新兵们维护和使用火炮的技能，准备训练一批专业炮手。只可惜当时明朝政府内部腐败不堪，国库空虚，最终只能遣散了这批外国军械师，不过经由葡萄牙人训练的"国产"炮手，还是在辽东的宁远之战中大显神威。

徐光启在练兵期间，撰写了《选练百字诀》《选练条格》《火攻要略》《制火药法》等书，人们开始注意到世界上还有大炮这玩意儿，宁远大捷用实战证明了徐光启的眼光。

遗憾的是，明朝已经从根上烂掉了，能臣被杀的、被贬的不可胜数，火器这种"奇技淫巧"未能被真正重视起来。后来的清政府害怕百姓掌握火器技术用来造反，也严格地进行技术保密，火器的发展陷入停滞。清朝末年，官军被国外先进武器打得找不到北时，不知有没有人想念百年前那个将军的呐喊与尝试。

步入晚年后，厌倦争斗的徐光启心灰意冷，告病还乡，一心扑在农作物的试种与研究上。这些植物不仅能救命，还不会去害人，多好！他将多年积累的农业知识进行了系统的审订、批点、编排，最终著成一部流芳百世的农书——《农政全书》。退休期间，他还受崇祯皇帝的邀请，搞出一个天文学重大成果——《崇祯历书》。《农政全书》写成时，他还没整理修订就去世了，最终由他的学生陈子龙等人负责修订，于崇祯十二年（公元1639年）——徐光启死后第六年才印刷出版。

徐光启救不了明朝，时代还是坚定地往前走了。但他那些立足高远、惠及民生的努力，却救了不知多少人，给后人留下多少宝贵的财富。

参考文献

[1] 卞恩才,翁文豪,孙以楷.中国古人刻苦好学趣事[M].广州:广东人民出版社,1999.

[2] 王辅一,朱清泽.古代将帅治军趣闻录[M].北京:军事科学出版社,1987.

[3] 王志民,黄新宪.中国古代学校教育制度考略[M].北京:首都师范大学出版社,1996.

[4] 郭强.中国古代选举制度[M].长春:吉林文史出版社,2011.

[5] 王立群.王立群智解成语[M].郑州:大象出版社,2014.

[6] 光明日报.二十四史[M].北京:光明日报出版社,2018.

[7] 司马迁.史记[M].北京:中华书局,2019.

[8] 司马光.资治通鉴[M].北京:中华书局,2019.

[9] 赵志伟.书声琅琅,中国古人读书生活[M].上海:上海人民出版社,2002.

[10] 袁林,沈同衡.成语典故[M].沈阳:辽宁教育出版社,1981.

[11] 王志民.稷下学宫公开课[M].北京:商务印书馆,2016.

[12] 冯梦龙.智囊全集[M].南昌:江西教育出版社,2016.

[13] 张红旗,程军.光武韬略[M].北京:昆仑出版社,2003.

[14] 顾炎武.日知录集释[M].北京:中华书局,2020.

[15] 缪文远,缪伟,罗永莲译注.战国策(全2册)[M].北京:中华

书局,2012.

[16]洪迈.容斋随笔[M].北京：团结出版社,2020.

[17]谈迁.国榷[M].上海：上海古籍出版社,2008.

[18]赵尔巽.清史稿[M].北京：中华书局,1977.

[19]中华书局编辑部.二十四史(简体字本)[M].北京：中华书局,2000.

[20]徐珂.清稗类钞（全13册）[M].北京：中华书局,2010.

[21]段成式.酉阳杂俎[M].上海：上海古籍出版社,2012.

[22]陆肇域,任兆麟.虎阜志[M].苏州：古吴轩出版社,1995.

[23]李延寿.南史[M].北京：中华书局,2016.

捧读文化
触及身心的阅读

全国总经销

出 品 人	张进步　程　碧

特约编辑	罗　盛
封面设计	陈旭麟 @AllenChan_cxl
内文插图	大　杨
内文设计	杨瑞霖